灰人三部曲

徐北 / 著

百花洲文艺出版社
BAIHUAZHOU LITERATURE AND ART PRESS

图书在版编目（CIP）数据

灰人三部曲 / 徐北著 . —— 南昌 : 百花洲文艺出版
社 , 2023.6
　ISBN 978-7-5500-4963-5

　Ⅰ . ①灰… Ⅱ . ①徐… Ⅲ . ①诗集－中国－当代
Ⅳ . ① I227

中国国家版本馆 CIP 数据核字 (2023) 第 021318 号

灰人三部曲
HUIREN SANBUQU

徐　北　著

责任编辑	许　复
特邀编辑	王　昊
书籍设计	汇文书联
制　作	汇文书联
出版发行	百花洲文艺出版社
社　址	南昌市红谷滩区世贸路 898 号博能中心一期 A 座 20 楼
邮　编	330038
经　销	全国新华书店
印　刷	武汉鑫佳捷印务有限公司
开　本	720mm×1000mm　1/32　印张　7
版　次	2024 年 2 月第 1 版第 1 次印刷
字　数	128 千字
书　号	ISBN 978-7-5500-4963-5
定　价	78.00 元

赣版版登字　05-2023-451

网址　http://www.bhzwy.com
图书若有印装错误，影响阅读，可向承印厂联系调换。

目录

大世界

从清晨到午夜
从二十四点到零点
开始了旅程
从出发到停留
从生到死
从目的地到奔走的尽头
从头发的根梢到下颚
从赛马旅馆到积种的原野
从家到市政厅……

黑夜、街道、路灯，摆脱呼吸的商铺
服装店、玩具店、布料店
飞蛾带来的生存的处境
跌落一次。围绕着火的包围圈

有拼写字母能力的蜘蛛在把黏液
变成网上一连串的字母
蛛网里的世界
MMZNWN……

银行

一个柜子，上了保险

十七点关门的职员下班后带走了某种气味

两个职员面对一扇紧闭的门和一把锁

设法向对方致敬

一天弯一次腰

必须用耳朵来消化的文字交谈

旅馆。被编织的秩序。虔诚的血

没有足够的分泌腺

积雪的原野

闪光一次

金光金色的尘埃

一个来自陶努斯山的农民

从家的方向

吃掉了一吨氧气和三百米的玻璃片

夜总会释放出情感

黑夜、街道、路灯、药铺……

每个词语里面的一滴血

保利塞娅保持着幻觉

俄亥俄的悲剧教训，一次又一次，轮流着

进入翻腾的大世界

大世界，九十七万平方米的陆地，海洋

百分之九十六的跨海河床

黑暗到底

真实的面具

蓝色的旗

被控制被统治被掌握被放逐被消遣被娱乐被惩罚

瞭望者。一个窗口隐藏着危险的伏击

鲜花，铁的橄榄面具

被遗弃的新娘哭泣了五万个世纪

…………

诗章

街道滴滴答答

一辆汽车鸣响了一条街的庸俗

街道两排绿化的树簌簌作响

然后

眼睛疼痛

然后

脑子空空

花圃的花仿佛带刺一般刺人眼

安放于地心引力的一把镐劳作了两小时

为了一个帝国

第二次革命战争由此爆发

没有感情的行人

素吃的人群

假装着走过后半夜

带着死猴子一样的脸色……

洗衣服的手

废水哗哗地流走

臭水沟里的死耗子很快被激活

穿过阴暗湿冷窒息的水沟底下

寻找着一具丰满而发臭的尸体

当面对一位微笑的家庭主妇

这个客观世界的丑陋被反射进一面镜子里

那神圣而刻苦的罪业

千百年来持续不断

一个家庭的内部生活

哐啷

哐啷，连续响了两次

有很多厉害的东西

没有什么比人更加厉害的了

即便冬日的风遮住了灰色的大海

挣扎在汹涌波涛间前行

最后的女神

那一位，在坚韧不倦的大地上

年复一年来回耕耘着

婉转

呕吐

下午时光，三点的时刻

结束了最后一次的缠绵

呕吐和真实

主观物在回想着四季

从头部的感性中理解的每一天

每一天的神谕不可遭受忤逆

时间不是指定的休息的河流之所

小心翼翼掩饰的人格在第三者的身上

诗章

以此为动机，勒格朗丹、奥姆弗洛斯

在某个地点，某个时机偷偷地笑，生气、恐惧和绝望

平原上一座钟不可预见地碰见了阳光

风姿绰约，化为了一个黑影

太阳开始落山了

在水里

在黑暗中

在山上

在花丛中

在草丛中

在泉水中

在回声中

在空气中

在风中

在接触中，在皮肤需要作出的回答中……

桥

桥，释放感情

桥，禁止行人通行

桥，同正义作战。桥，在人间设下的律法之间

在不被刻意察觉之间

承受着暗流和主观情绪

桥，十年，二十年，跨越，被摧毁，被重建

桥，标榜心灵的感念

桥，不稳定；桥，不平息的因素

桥，喘息……

桥，抛出抛物线。桥，直接宣告逼近人的死亡气息

桥，原告的位置；桥，被告的位置……

桥

大理石

从一块山岩中奋斗了下来

忍住了体内的分裂

被粉碎，被切割，被修整得完美、光洁

为了完成一个隐喻

屈从于裂缝中的光芒

听从于言说和呼吸

大理石，为它的祖国而战，死得其所

大理石，重获了石头的重力，重获生存的情绪

大理石，沉思的结果

大理石，获得荣誉的力量，大理石

获得王权的象征

那些战争的机器，不堪一击

大理石，死得其所。拥有至高的荣誉

大理石，进入坟墓。接吻

大理石，哭丧，参加葬礼

行进中的明斯克人

沿着人类历史和思想的艰难历程

在长途理智的道路上

所见到过沉迷不醒的物性

多多纳的启示

一堵墙不会屈服于任何乞求

梧桐的心抗击着来自寒冷的一切威胁

时间和生命正在失去

而且不可抑制着

那里生活着的石柱

类似于一只鸟儿的眼睛

有时吐出困惑的尖叫

潜在的和超验的质感表面

以符号的名义

似乎破碎了

支离破碎于

一颗纽扣的形式、一顶帽子的形式中

破碎于扭曲的星光中

马背上，忧郁的应答声之中

坠落的白色翅膀下面

衣服的绿色布料中

所有这些分裂了出去
赤裸，热乎乎
否定于浪漫和传说的气氛
可爱的蓝色的幻想中
血液的混乱和虚无中
以 V 开始，以 U 结束
咚咚咚……

重返地球引力

随着那些逝去的美好时光的渴望成空

冒着生命的危险

在一个好的猎场

只有一次

上升的一次

下降的一次

奔走在云层之中

奔走在灵魂的层面

召来了火，召来了水、面包、狗、猫和糖的灵魂

召来了所有生命的灵魂

在光的引导下

走遍了森林

墓地

记忆园

未来国

走遍了黑夜和黑夜的王宫……

马林鱼

六千年前，从逃生中学来了本领

从黑暗、丑陋、潮湿与血腥的世界带来了讯息

普通人的头又一次拜访

观看，随着海浪的崛起，也许是丧失更多

一阵又一阵

围绕着祖先的图谱，集结成群

保持着新鲜部位的成分

凝结着恐惧的深渊

塑造着神灵的金身

然而神灵已不存在，被感情泯灭的动物销毁了

而面对一个残酷的现实

难道要伸出我们的右手

遭受千万次的头一次毁灭的打击

这个世界才能归于寂静吗？

一对夫妇的病历卡

带着平静生活的旗，平静的思考

享受着真正的音乐

走进一个淹死耳朵的沼泽王国

把我带进那里的水沟吧

出于对那里黑暗角落猫叫的敏感

常常迷醉于软榻的床

迷醉于镜子里面的自在物

窗外有蜘蛛、毛毛虫、劈人的闪电

我们独自坐着

甩掉头发上性的褊狭

在椅子上、地板上，在整个房间里

随着头发的死亡

落进了整个房间、阳台、窗口

台阶上拿牛奶的女佣

她在宁静中等待

隐意识中一个人的真正幸福——

执着于过去在生活的某个时间点里

红墨水？观众？

那些熟悉的地方

一条街的姿势被掩埋

步行和航海的危险性

落进了窗花的格子和陈设

随着响尾蛇和老鼠

落进尘埃

压抑着，可是尽量放松吧

放松，虽然器官在下降

倾斜得厉害

而另一条路，个人的真正幸福

形成于疲倦，消沉与软弱

在那骚动之源的幻想处

它们是否会打破我们真正的头？

梦

1

彩虹的出现

晴雨天过后
追随着白色幽灵的舞步
我迷失了回去的路
迷失在一片白色云纱遮蔽的桃树林里
秘密地隐藏在一棵菩提树的后面
观看
死亡灵魂在那桃花林里的舞蹈
而某种祭祀的脚步
已经在悄悄响起

雨后云雾漫腾的山野
一条被编织的彩虹出现在了天边

2

桃花园的消失

循着一位少女的幽影

一棵树化身的形象

在一片遭受被砍伐被毁弃的果园

幽怨地奔跑，开放和凋谢，她的花朵

唯独这一株开放粉红花儿的桃树

在盛开

在歌唱

在悲悯，也在哀泣

3

寻找营地

暴风雪漫过整个山峰

这些迷失路途的人

经受着一种自然的考验

爬过一座座风雪弥漫的山谷

寻找着可以停歇的营地

那里被丢弃的家园

绝望和挣扎的心

堕落了，沉迷不醒了

一些不灭的向往和信念一直在激励着我们

我们昏迷一阵，沉睡一阵

希望幸运会又一次于我们身上降临

告别那火的可怕惩罚……

梦

4

战友的幽魂

在一条深暗的隧道前我停住了脚步
在这黑暗的尽头，在这黑暗之口
我不得不窥望、凝视其中黑暗的神秘
与危险性
那里会有什么在等待？
也许那里有一位死神在等待
也许死神并不是最可怕的
可是我是否必须穿行于其中？
那黑暗的洞口
那一条未知的通道

一条陌生而又凶恶的狗从里面跑了出来
朝我吠叫着

我迈出脚步
军靴锵锵地回响
每一声都清脆却微弱
凝缩着心的跳动
每一步都沉重而又畏惧地回响着
我感受着这种力量和它隐隐的消逝

在出口

我碰见了那条恶狗的分身

仿佛正在等待我

在恶狗的身边

我看见我多年不见的战友

那曾经牺牲了的战友

向我致敬，向我报到

在那边的山脚下

那一盏忽明忽暗闪耀的灯

他的家

他指给我看的

他不相信他已经是死亡之身

他流着眼泪激动地告诉我

他想要回到他的家

他的父母正在等他

我告诉他

"亲爱的战友，你确实已经是死了啊！"

5
另一个梦

梦中，一位头上长角的老人对我说下这样的话

侵害我们肉身的

不是那些有形有色的气体和杀人的味道

不是那些飘来的紫色的铯

红色烟雾的锶和一个黄色的烟雾

不是那些泥污里面致命的元素

而是那个无辜的你啊

即使你只是看上一眼啊

你这个杀人凶手

6

净界山

一群受到污染的人

坐在一片黑色的死土上

巨大的黑夜的冷色使他们头上的角

发出难以忍受的疼痛

嗷嗷的尖叫

这些吃人的人

同时也被人吃

7

唯一的向日葵

在那黑色大地上

生长着一株变异的向日葵和一簇蒲公英

它们体形硕大

保持着真实的颜色
在一些牙齿的外面开放
它不会吃人
在黑色死土静静地生长
孤独从它的根部长出

8
另一个梦

仿佛进入一个传说的仙界
这里小溪清澈见底，哗哗流淌着
水车静谧地载着每一天的时光
死去的人是幸福的
葬礼是轻松的
死亡在这里没有更多的内容
正如一位武士消失多年的影子
在这里，受到人们的崇敬与献礼
这个习惯将会一直持续下去

一只被钉的蝙蝠

这只冷血动物
被钉在一棵红胶树上面
从此，光线使它敏感
棍棒的触碰使它显出嘶叫的本性
嘶嘶叫着张开它的兽嘴
它适于夜晚的飞翔。飞翔的姿态，已无法展现了
而现在
这只受难的异形兽爪
流露出愤怒、绝望、挣扎，流露出疼痛的振幅
囚禁在它自身上面
在这些感情深处
同样的动物有着同样的感受
感受着一丝丝的恐惧
与受死亡侵袭的气息

在两个黑色夜晚之后
它带着伤口再度隐身于黑暗之中于它斗争的世界之中
以它飞翔的姿态……

死亡之面具

在这里每一个由静止而行动的躯壳上面

由行动而带来的死亡面具

隔着一个黑夜的哨口

隔着一个消失了的永恒

郁郁地沉默着

闷闷地咆哮着

从每一个早晨等待出发的时刻

转瞬即逝的夜晚

那神秘的岸口

阴湿的早晨，已在等待

每个漂浮的傍晚在等待

每条被收起锚的街道在等待

每棵强悍的树在等待

等待着，发出一阵阵近似拟人的叹息

在一个真实的旋涡之中

月亮的祭祀

一种易受压抑的气氛

包围了"我"，包围了"我们"，包围了"你"

某个成年男子带着他的头和心脏滴血的某个部位

出现在拱形建筑的阴影里

一些脱离真正定义的形象

只有一名受到伤害的裸体男子

紧闭着眼睛

双臂拥抱着一座洁白的雕像

冰冷石膏下面少女的身影

孤独而流离

他嘴边黑色而僵硬的胡须

以及一本书的红色书签

那里面未知的内容

红色书签内容的特殊象征意义是什么？

静静的，是在等待还是出发？

窗外灰色的天空

隔着一个下午和一只鸟的叫声

灰色的花边布纹

遮盖了女人流走的鲜红血液

和一些闪亮的喷香的神秘事件

一位小女孩害怕受到绿色椅子的袭击
慢慢地掀起了海的皮肤
一个极其警惕的女孩
在海的皮肤下面发现一条狗在睡觉
连同狗的红色面具变软又变硬

永恒的斗士

逃离了战斗广场的位置

用高大身躯占据的房间

金属鱼和金属贝壳，签上名的百叶门

显示暗杀的动机

戴上假面具并且亲密地向他的伙伴靠拢

黑色的金属面具冰冷

剥夺了他呼吸的橡胶管

他的伙伴有一颗活泼的脑袋

阳光般的面庞

手中那把经过训练之后闪光的匕首

低低地垂直着

沉重的铠甲在用它的一颗心发现

潜藏的危机或者某种异乎寻常的乐趣

而一位老者

撑着蓝色盾牌，托着下巴

思索着阴郁躯体下面蠕动的东西

晚钟

夕阳西下

一座标志性的破败建筑

呈现红色

并且拉长了它的影子

走过了十八世纪留给天空的傍晚

一只红皮手套缓缓地升腾起它的歌

随着天色沉落下去

它的蓝色情调

它的紫色情调

被控制，有可能被风的声音打破

当纪念碑式的钟声响起

几个世纪的早晨和傍晚

天空和大地

深知生活的艰难与痛苦

当别人在幸福中转过脸

在笑在哭的时候

这里的生活依然继续

在某种混乱的家庭气氛中

他看到了他现实的残躯

持续的心灵抚慰和行走路径
随着钟声的敲响而缩紧、孤立
而留给坚守钟声的魔法内衣
信仰的工具只有两件
考古学的本质和利加特的奇幻港口

晚
钟

时间帝国（一）

拥挤的城市居民楼

冒着烟

有一道隐约的蓝色

照耀着四个年轻的城市居民

额头有时碰到塞纳河

影子在拖船间悄悄滑过

夏天的下午如同服了药物般宁静

又极其容易受到伤害

一瞬间爬过小女孩的白色面具，洋娃娃的鼻端

街的尽头有一个小海湾

海浪冲刷着海岸

浪头带着扇形的泡沫踮起脚尖

然后又蹲下

海滩发出神秘的幽光

交响的潮汐受到感染回转头是一个旋转的黑色的情绪

低低地沉吟着

在面向大海感觉的那一部分

它把地平线紧紧地拢住

在那里，大海、沙子和绿色石头至少不会改变

赤着脚散步时刻的美好时光和记忆

在那匹纵横奔驰的马背上
一片缤纷的花园闪亮了
透出梦醒时分的粉色时刻
在追逐着肉身最后的燃烧点
在一块绿色石头的山岭上
曾经有过的那些城堡和帆船
已经变得奇异，而且陌生
在平坦的沙滩和安静的水面下
悄悄隐藏起它长久的古怪的沉默

时间帝国（二）

流连于坟墓间的

一条被淹至垂死的狗

从梦里到现实都在吠叫着

躲在一个幽深的灌木丛

在一个下午

一个断裂的峡谷中

一个光闪闪的蛋在黑夜中躺倒并且死去

那里纯净的空气犹如一种沉默的语言

一个诞生的新希望

一个毁灭的念头

像暴风天里施加的黑暗环扣

与之搏斗着直至放大噪音

从一个悲痛兔子的呼号声中追踪着肮脏的肉体

流血流泪的肉体扣在头顶上、心脏之上

在一位老太太的真诚之上

在一架永无止境的铁梯之上

圣克罗齐居民

我没有魂

头脑已经分裂

破裂的脑袋之中一朵鲜花在绽放着

一位女神的面庞，扰乱了人心

不会是在一天的时间中就可看到的变化

一个燃烧在极点的你

永恒的你

瞬间死亡的你

然而承担肉体的能量

可是一个灰色而淹死的灵魂？

在她进入一座古老而变灰的城堡之前

红色灯塔的胸膛、胡须、秃秃的脑袋

由一位小姐的手

揭开并且缠绕着脖子的领结

在那里她闭上了眼睛

地下灵魂燃烧着，倾塌在潮湿的黄色根茎里

避免死亡的意义和死亡之身的躯体

有一幅豺狗的面貌

也许是太阳般金色的脸

在那里靠一杆秤维持着生命的运转
也许它会在半小时之内
失去平衡

失落的家园
被纵火的村庄
在那个时刻，一个王国的神
无形而有力的形象闭上了眼
在一座软弱的死亡之躯上
给这里带来了白色的一道闪光
用居于幸福中间的一只手
恢复了正常的感动
哀哭，悲伤，流血的体验
逃亡和苦难的历程
因为在混乱之地奔走的
是你的双脚
在停留、奔走与驻足之间

一只兽爪

一只脚站立着，犹如一只兽爪
凭空想象中的那只兽
摆足了姿态
它昂首挺胸，它低头沉思
颈脖之间有一段充分的倾斜度
它有毁灭一切的力量
也有创造和再生的力量。当你已不在的时候
那股信念的高亢
像月光所企及之地的沉睡
那沉默之前产生的结果
是的。幽暗之地的故乡，遥不可及
那匹声嘶力竭、腰圆背阔的河马
那血肉凡躯
它活着。是的
也许靠一只手，也许是亲密的一阵呼吸
是的。是一个森严的庞然大物
是最温柔的律法
是一段值得怀疑的日子
是破碎随意的象征之物
是任何一个脆弱的诞生和死亡的细节

也是愤怒葡萄的叶子

是大胡子的农夫

是头发烧焦的匠人

是一只失去羽毛的青鸟

是一只从鸟巢掉下的"幼鸟"

是歌谣

是歌声中的音符

是星星的歌吟

是露水和晨颂

是少女。是陌生的男人

是母亲。是死亡的结束曲，以及一切

是那信使神

一个夏天的夜晚

一节连贯着但无序的车厢

拥有形而上的一百幅陌生的面孔

在不合时宜的通风口

轰轰地踏着无法凝固的脚步

并且迈上了棕色的房顶

而烟囱下的一位过路人

死气沉沉，盯着巨大的钟发出的咚咚声响

每一张脸都无法摆脱一个严峻的微笑

一张痛苦的脸朝你微笑

朝你怒号，尖叫

而勇敢旅途的目的地

惊涛拍岸，带走了一千种模式

隐形于无牵无挂而又渐渐苏醒的一个夏天的夜晚之中

缪斯的节奏

在那平衡的空间里
带着眼睛弧线的沉思
膨胀与收缩的头部和胸膛
似乎是从一座红色城堡里走出来
也许是走进去，缓缓地
靠近紧紧收缩着的地平线
在它的门口，黑色门口
让红色烟囱靠近它吧
靠近悲剧的面孔、身躯以及永远放逐的面具
脚步、箱子和长笛
他们无须战斗便获得了永恒的位置
假如她向前迈出一步
那些黑色头盔，皱纹的符号
将是另一种气息，含着刺
连同恐惧阴影的来源
紧紧抓住了他们的盾
用一种近乎人情的语言
彼此之间谈论着某位伟大的形而上者

他的房间，他的矩形的心脏
轻轻发出
在一位年轻国王的年代，活跃着的
不安而忧郁的语词

蒙面魔鬼

从富士山脚下开来的电车跑得真快

那里樱花开遍了山野，漂亮极了

在晴朗的夜晚我数着天上的星星

新到来的班主任非常年轻是位女教师

学校里有燕子的窝，小燕子还会唧唧地叫

有一只狗的名字叫"布鲁托"，它会握手，还会说"对不起"

饭后它会摇尾巴还会表示"很满意，很满意"

爸爸很擅长游泳，跳水也会

妈妈穿上比基尼泳装在镜子面前照了两刻钟

吃晚饭的时候我喜欢看大力水手三号

在没有灯光的夜晚我独自一人

我也不会感到害怕，那些树木后面的影子

落在窗户上，沙沙地发出响声

一座火山连续喷发了两周，灰尘淹死了两个山民

一些蒙面魔鬼住在山上，他们不吃人

却在那里驱赶，把人击落，像第一个插上翅膀飞翔的人的坠落

一台离心式抽水机

没有，没有这样更简单的接触

八点钟，它的风扇还在响，还在转动

因为它不是部分

在平静中拥有一种单纯的心机

会重新画上句号

渐渐走进一台离心式抽水机的内部

没有更多的防备以及思想装备

就像走进一座磨坊

在里面观看

不会有更多意外的刀口伤暴露

它的零部件结构拥有一个光滑的头部

和全部留下的头发屑

用这个头部，测量着最后一段到达街道通风口的距离

它感觉着你皮肤的柔软及其侵略性

你可以观看

可是它的灵魂不死

拆散它的各个叶轮

那里的抽搐的不安会时刻提醒你

会讥笑你的身体

出发的不安

当降落在城市之光的大自然安静下来

那里，阴郁的傍晚笼罩着失去光泽的城市

在别处受照射的沼泽地发光，不可知

每一双面对城市的眼睛陷落下去

在将来，一个更加阴郁的白昼将降临

而随风飘摇的旗帜

红色巨塔，广场和雕塑的残躯

幽寂的时刻，肃静的广场

也许更适合居住

在越过红色巨塔之后迈上的新的台阶

长长的阴影留下白昼消逝的最后一片光

沿着暗绿的天空向上攀爬

当一个特殊的生物从睡梦中惊醒

被眼前的景象震惊了

他的不安之时的寂静

在确凿时刻展示出内涵

月之歌

倾泻黑色的天空

月亮戴上了白色的口罩

闪闪地唱着洁白的歌

在从一个只有泥土组成的死物身上散发出来

幽幽地又仿佛是叹息之声

那一对洁白的乳房，远离着遥远的赤色山峰

赤色山峰镌刻的沟壑里面

哺育着成千上万成形的物种

它只有一种戴着红皮手套的记忆

千篇一律，没有鲜花

没有路

一条普通而没有接口的梯子，也许是永远的路

在黑暗的顶点

一只鸟站了出来

这只鸟儿唱出了它的歌

短暂之后，挥一挥翅膀，便消逝不见

墓园

肥沃土地上高大的梧桐树

因壮硕的心脏结出了果子

一只眼睛和树干上的耳朵，伴随着倾听

世界的缤纷与喧嚣

树荫下的排椅

星星和月亮静静地交谈着

悄悄地聚集在一起

攀起一双手掌的绵羊

努力地咬着仙人掌的刺

脸朝着金黄的太阳

欢乐地在吞食，在享受着整个昏暗的傍晚

耕牛一遍遍地从这头返回到那头

致使一片土地流血、流汗

葵花子在那里生长、发芽

银杏伸直又弯曲了身躯

并且招展着白色的旗

风在微微地吹拂着

在视觉带来的形式下

蜗牛与公鸡争夺着一只长角的黑蚂蚁

兔子吃着一株草上的花

一群群黑鸦越过了烟囱

整个四月的落日

被无形的手和秩序整理着循环着

随着这一切消失之后

我们应该赞美

它在残酷之刑分裂之后的完整记忆

墓
园

黑夜

黑夜，凝缩的地点。黑夜，艰苦的过程。

黑夜，勇敢地徘徊。黑夜，失去耐心。

黑夜，水的凝重。黑夜，闪耀的火。

黑夜，熄灭的火。黑夜，传说。

黑夜，魔鬼的世界。黑夜，坚强的种子。

黑夜，一条街的忧愁。黑夜，儿童的脑子。

黑夜，死亡的神秘。黑夜，燃烧的恐惧。

黑夜，安息之地。黑夜，峡谷的坟墓。

黑夜，独自穿行。黑夜，春日的交响。

黑夜，发生。黑夜，安静。

黑夜，诗人的告别。

海的欲望

膨胀着，来自内部的力量
带给我们眼前一幅海景的画面
我们注目，用一扇可以收获的窗户
带来幻想
随着一阵风吹来，随着冬季的来临
在呻吟的伊阿克科的狂欢夜舞里
在纯净的萨巴仪式中
女神的躯体随着波浪的漂流逐渐远去
只剩下种子，剩下手臂的方向，水仙女
以及潘的歌声和舞蹈
宁芙们潮湿的头发与碎影
那些被珍视的躯体
接近现实幻象和守望的乐园
因联想而溺水死亡
在死亡的时间，深深地陷入
某种无畏而潮湿的深渊

伽拉忒亚之梦

十月的一个傍晚

一个女人因为担心凝重的沉睡感觉

和消沉的夜晚的时间侵袭

她将挂在床头柜边的时钟移出卧室

还时常担心着花瓶会被打碎

在春天的一个清凉的黄昏

不会再去刻意打扮自己了

不会专注于海岸处的风景和那里的老房子

和老拖船

旅馆的门柱被磨空了

女人的磨牙声响起

一颗牙齿从梦里掉落进一个湖里

梦里，一阵火雨降下来

降落在身上着了火

似乎还在飞翔，飘荡

轻飘飘地穿过缥缈的云层

似乎也在坠落

被一群握着长枪的士兵追赶

骑马的斗士们，戴着黑脸面具的斗士们

相互角斗，争逐

在越过了一条宽阔的河流之后

倚靠着空树干休息

转辗于一些细微琐碎的动作

均匀而任性的呼吸

在五百公尺深的水井

一些死鱼从浅滩浮了上来

一把雨伞逐渐被打开

在手术台上

在产房

随着一阵惊悚的叫喊

挣扎着，变得真实

假日

十二点

太阳移动到天空弧线的中央

一座崭新的钟出现在车站

五彩的旗

抚慰人的红色

在灯塔上

在停泊于海港的船的桅杆上

在镂空的回廊上

在美术馆上空迎风作响

红色尖塔

透出感情

庄严，忧郁

蒙巴纳斯的雕像竖立了起来

不惜代价想要获得孤独

巨大的红墙出现在右边

遮住一切无穷的腐朽

那后面的预言

溃烂、倾斜像伪装的阴影

香蕉树的快乐

西西里亚的果实金黄而甜美

每个人都想要放声大哭

在那神秘的脸上

像一片金属贝壳

环绕着一个道德的光环

一个混乱的世界存在于它的秩序之中

醉酒的热情的人们打着饱嗝，吮着手指

猴子在客厅里上蹿下跳，吃着餐桌上的面包

猪爬到摇篮里怀抱着幼小的婴孩呼呼大睡

一把钥匙忘记了牢门的阴影沉重

而发出了"砰"的一声巨响

假
日

一只杯子的痛苦和快乐

从一个噩梦中惊醒
在细微的感觉外面
仿佛置身在黑暗之中
隐藏了它固守于凶器的属性
它的感情，它的情愫
纯粹与隐秘的忧愁
无法从它的存在空间里识破
无法从噩梦中惊醒获得释放
与纯粹
获得的自由
它的破碎与它的完整性
沉默着
犹如一个魔法道具，在它所存在的理性之中
它的经验之中，以及被称颂的完美技艺之中
像一个纯粹女人的姿态
一种紧张感
仍然存在，它的可能性
它的瞬间变化的可能状态
使得外部世界焦躁
接近于谜一样的内容

甚至于接近一种安详的感觉
接近于诗的内容

也许一只杯子的感情会死去
带着它噩梦的属性
在那里，死亡的全部内容
一只杯子显示着，但仍然静止
像记忆中保留的质感
闪着光
它生存的全部，痛苦与快乐、悲痛与忧伤
在杯子的真实之上
它的全部可能性

一只受诅的苹果的卜言

很久以前

一个预言者的牺牲

像一个盗火者的下场

千百次蜷缩与扭曲的形象

注入了灵魂

注入了铿锵的躯体内部

带着一个悲伤城市的陷落

城市与城堡之间的动荡

按照某个发热而强韧的意志

使一阵阵阴风刮起

城堡在明亮与灿烂中被一只苹果图像替代了

在那之后的预言

一只苹果的图像

蛇带来的惩罚

一只受伤且致命的脚踵

父子痛苦挣扎的死亡的场面

在一本永恒的图谱上领受了所有的转折

大海

大海，蓄着蓝胡子。

大海，属于第三部分的财富。

大海，宁静的面具。

大海，威严。

大海，强大。

大海，至高。

大海，显赫。

大海，可怕。

大海，析出盐，晶体与化学物。

大海，浮游生物们的乐园。

大海，消化。

大海，分解。

大海，容纳。

大海，黑暗的深渊。

大海，化石与标本的玻璃橱柜。

大海，种下一个季节的稗子。

大海，融解的事件和年代。

大海，蛇神的向往。

大海，存在的责任。

大海，流放的故乡。

大海，露出宽大的笑容，蓝底的平行线。

大海，独自哭泣。

大海，安静的葬礼。

大海，一座荒岛的死亡与复活。

大海，夜来香的墓地。

大海，漂流的故事永恒地继续着。

大海

冬天

冬天，红色的记忆。

冬天，落叶的思念。

冬天，满足情绪。

冬天，摆满姿态。

冬天，收藏战利品。

冬天，黑黑的。

冬天，吟唱。

冬天，倾听诅咒的声音。

冬天，埋怨。

冬天，古老。

冬天，蚕食腐肉。

冬天，在紫色之上。

冬天，沮丧。

冬天，一个美味的陷阱。

冬天，太阳的祭礼。

冬天，一面旗帜。

冬天，相隔两个世纪的会晤。

冬天，死亡的神秘。

冬天，前进。

冬天，悄悄撤退。

冬天，缓慢的凝视。

冬天，内心孤独。

冬天，一棵树遭遇了暴力。

冬天，一个向往。

冬天，一颗死亡之心的诞生。

冬天，精神崩溃。

冬天，一个斑点微弱的光芒。

冬天，一座台灯存在的位置。

冬天，弧形的夜空，冷缩的夜空。

冬天，白色的平面。

冬天，定位的平面。

冬天，梦想阳光。

冬天

地下世界的钟声

在那儿，是可怕的
最初的冒险者的脚步
慢慢地，惊讶于自身那置于眼睛后面的世界
那些关于神秘的事件，消失
与复活的事件
激励人心，在步行中，在探索者的思考中
叫喊着，祈祷着，迷惑了那些纯真的眼睛
他们怎样惊恐于裸身的世界
山川、风暴和岩洞
潮湿的感觉
渐渐习惯于泡沫的飞舞
灵魂之鸟的翅膀，那里
呼吸转移到呼吸之上
习惯于雷电的力量
那些关于无助与绝望的次数和磨难
每一次难逃一劫的遥远路途
那个纯粹由奔跑引起的消亡的路途
化身于草丛之中，化身于猛兽的心脏之中
化身于丢下的颧骨与牙齿之中
或者是更加娴熟的技能之中

那些奔跑与吞噬的景象

如此吸引着被我们逐渐驯服的每一双兽眼之中

在那里，度过他们的一生

可是，追寻者们

你们有某个地方要去吗？

等待着去寻找某地吗？

某个鲜花之地，安静之地吗？

还是为了更加自由的追逐？

或是为了有一个更好的藏身之地？

匆匆度过自己渴求的一生？

也许，那里幸福的天空和野牛角联系在一起

那里，我们的希望之列

一只犄角动物的转换的呼吸

在苏醒的可爱的马蹄身上

可是，在那荆棘与平坦的混沌世界里

一个更好的结果

生命剩余的时光中

能有一只衔着鲜花的鸟

引导我们吗？

还是在每个人最后的安静时刻

希望平静地离开？

不会是某种流血的岁月

侵蚀我们，我们追求的鲜血代价

那些永远难逃的厄运……

哦，那位摆渡者的桨
已经划开了阴暗而冰冷的河水
微笑着，在那河的彼岸等待着我们
等待着我们用身体去加入那庞大的队伍
那些我们从环境中学来的
权杖，阶梯，座位
清洁的身体，肮脏的身体
某个男性的头颅从最高的祭台上被丢了下来
滚动着，直到下一个无辜的身体
直到某个灰色的迹象诞生
昏暗的天空、乌云、日和月遮盖了我们头顶上的那片
目光
对于那永远逝去的过去
那些能感悟到的开路者
在山脊，在秃鹰的翅膀下
让一些爱者的脸变得洁净
消除恐惧给整个部族的灾难
让某个牺牲来获取最直接的力量
犄角兽已经带走了另一个呼唤的声音
母亲去了另一个世界
那个世界，美好的世界
在母亲的沉睡中我们期待着迈开脚步

朝着星辰的方向，彩虹的方向
在那鲜花与朝露铺满之地净身
那唤醒我们的歌声
是母亲的复活与安慰

那看不见的境地
那些由特殊材料构成的肉身与骨架
在没有知觉的状态下
没有压力，短暂的苦痛从肉身上产生
轻轻地在那里召唤着
触抚着，被探询着
一颗变黄的牙齿，某个脚趾骨
那具骸骨
我们深知他曾经走得很远
走了很久
他在那里收割，放牧，梳理动物的毛
而一个岩石上的手印
如此深刻地震撼着一位被呵护者的心灵
他们怎样奉献了自己
并且爱他的草原，爱他的丛林和他的海洋
在那昏暗的地下世界感动着
另一个族群

那不是你本人和你本人的影子

多么了不起啊

即便你让自己的肉体感觉更加轻盈

你被爱的成分和经验更加灵巧

即使在你受到抚慰的时刻

你也不愿意承认那个众所周知的布告

违背过你发下的誓言

一只兽爪让你变得如此充满爱心

什么在主宰

某个纯洁的面庞已经不再显得重要

我们没有必要再与你连结在一起

我们躲避过你

不论在开始，还是在离开的时候

我们都没有你那样的宿命……

传说

哦，那整个被填充的花园
在冬天的时候你可是寒冷的一件外衣？
可是，旅行者们看得清楚
冬天你温暖的身子就像跳动的一把火
哦，阿卡迪亚的平原被整个黄昏窥视着
被霞光包围着
发出耀眼的光芒
透明的云雾像一只温柔的手
轻抚着，呵出迷人的气息

晨光女神带来了最初的黎明曦光
在那西部回忆的圣地
森林仙女们已经跳起了舞
像一只只小鹿般敏捷，轻巧
在白色的沙子上
在柔和的草野上
她们的身形与那露水一样晶莹
当月亮从明澈的星空中升起
她们的歌声和舞步
美妙地升入那来自星空的悠扬中

完全被耀眼包围

在那核心，轻盈如水

在这未被追逐的草地上

如同纯净灵魂们聚集的矿藏

静静的

在蓝色与紫色的微光中

绽开一片如同那位最高者敞开的胸怀

受统治而安逸的处所

流向那最简陋的人寰

在这平原的冬季

花儿依然鲜艳，绽放

那座迷宫依然保持着辉煌

那头未被驯服的牛依然健壮

闪着它犄角的光芒

六弦琴悠扬地感动着岩石和树木

那扇坚硬的大门未被毁灭

依然经受着风吹雨打

黑暗之河的水依然悄无声息地流淌着……

在那黑暗之河的彼岸

一个熟悉的身影挥舞着手臂

他是刚刚从草原那边过来的

那片草原，曾经开阔无边、牛羊成群

如今什么都消失了

只有那依然清晰而宽阔的手影
招摇着他的模糊而微弱的力量
曾经，你曾经生活过的地方
如今一片寂静

你曾经生活过的地方
这无疑是一个沉重的打击
当你留恋，当你回首那片曾经幸福和安宁的乐土
在牧歌的回声中
你却离开了那里，哦，歌者
在那阴森森的巨石下请延续你的歌唱吧
不要为这墓碑的铭文而放弃，担心
那另一种永恒所造成的伤害
请相信，那安静的聆听胜过一切被限制的悲悼
你在这里，也只有一次
在那永恒的彼岸，你也仅仅只有一次
像冬天，它来临的信息
请不要再彷徨
在这不属于你的巨大的躯体之中
你仍有一个你的过剩的季节
但那不是明天，不是在明天
也不要期待明天
明天会走过，像葬礼一样的场面
默默地……

弧形时光

当那些理想的伴侣们

拿着擀面杖、玻璃花瓶、铜镜

在哈瓦那的市场上交易的时候

那些消逝在她们口里的声音仿佛有一种期待的美感

回荡在她们的胸腔里

海报上的信息在叮当响的陶罐中

那逝去的吆喝便成为她们本性中最后的呼求声

令人怜悯的一只空间里的鸟

在空洞的树身上

随着它的喙咚咚地敲击

而成为一种奇异的弧形的飞行

那个最有希望化身的图景

在被迫的时刻，也在绝望的时刻

在一个绝望海洋的面前

在它的空间，在它开阔的空间化整为零了

那些为了生存而必需的交易

在树桩上

在老者的胡须上

保持住他们的愿望，平凡的愿望

至少那些未变空的一张张脸

可以保持住他们的心，保持住他们的繁荣

以及最有希望酝酿的一座繁华的花园……

弧
形
时
光

庞培之路

当你离开那随年龄增长而消失的世界

每一具充血的躯体拥挤在一起的时候

在它们的外面

它们会越聚越拢

凌乱不堪地倾倒着

也许用一个至高无上的心也无法判决

在那里

假如你不接受一个拿着镰刀的使者带来的信仰

那些泥土里被埋葬的尸体

腐烂的尸体

就将欢呼雀跃

你在那想象的世界外面就将会被焚毁

那些活着并且胜利的队伍

诋毁着，在现实的成长中

即使最无辜的一位死者

再度活着，也无法觉察出异样

即使在他精疲力竭的时候

也不曾感到威胁吗？

但请别忘记

另一个死者曾经纯净的呼吸

在空旷的一个一无所有的夜晚

他活跃着并跳过了那座峡谷

而从一座坟墓里爬起来的柔弱的少女们

赤裸地挂在干枯的树梢上

挂在阶梯和走廊的扶手上

有一个白色的精灵倒挂着

被剃光了头，并从树的根部走了出来

他狂呼着，为一个城邦的未来担心

为一个姑娘的未来担心

当他失去了翅膀，在一片火海中

在倾覆的船上，在被海浪吞没的帆上

一个青年祭司彻夜未眠

记住了那血的秘密和警告

那奔逃的人群排着长队

静候着暴风雨，静候着海怪的咽喉

一座座废弃的建筑物有如骸骨的形象

张大了它的口，在镰刀的标志下走动着

驱赶着灰色的人群

占卜者的心，哦，赞美吧

一座伟大的城，只有几百年的沧桑

它的枷锁却成群结队，完满地继承了它的苦难

刻骨铭心地显露在它苍白的背脊之上

显露在人群的头颅之上

那食人部落的野牛驱赶着白色面具的人群
即使借着白色的安慰，我们也无法驯服
它野兽般的心
哪怕是更加浩大的血腥场面
哪怕是更加恐怖的屠杀场面
我们的血液也将凝固
我们的骨头也将粉碎
我们对那宏伟惊叹
当我们崩溃，当我们调整它的奶酪钟表
一个城邦早已烟消云散
但转过头，不是告别，却是接触

安蒂特姆的死者

百老汇摩肩接踵的生者

凝聚着被保护的力量

也许不太在乎安蒂特姆的死者

被轰炸的格奥尔格的土地

可是，那些被刺激的心脏保持着警惕

隐藏起了他们充满血管的脸庞和神经

似乎由于被激怒的对象未完全加以保护的肉体

而羞怯地放荡地睁大了双眼

在被空旷笼罩的唯一地点

沉落的地点里

那里萧瑟的荒凉

不是意味着在别处发生，不是在别处挣扎

它意味着粗鲁和陷阱

意味着死者的匍匐

意味着怜悯和更多无耻的眺望

世界在它的前面，在眼睛凝望之中

迅速带走了无尽的向往

在那安详静止的内心世界里东奔西走

在这纯粹的空旷处
从动物身上开始掌握的技能
围绕着它们奔跑和鸣叫
眼睛里凝视的变幻
在那儿尖叫、煽情
在它们生存的空间里飘逸
黄色的兽眼抵御着
人类的微笑和愤怒
逼近着，窥视得更深邃
那里自身被倾覆的影子
在眼眶里，紫色的瞳孔里颠倒拥抱
一个不存在的你
被窥探得彻底，被安排得周密
但仍旧在奔跑，在运动，在皱眉
惊讶甚于一切慈善的问候
当你在反抗，在咆哮的时候
你只是一只发热的动物
被洞穿，被抛弃，被暴露

他的领域是恬静的
当别人处心积虑悲鸣、吊唁的时候

她将在格洛斯特的石板下被埋葬

从伦敦桥上来往的行人从她的灵魂穿过

她的悲惨遭遇不会有人知道

一个受害者，自己的凶手，别人的凶手

如果她不闯入韦斯特夫妇的家

她可能就不会死

然而，惨白的头骨，她的，一眼就被别人认出来了

可怜的玛格莱娜

在离克伦姆街二十五码远的地方

弗莱已经把他的死亡真相带进了坟墓

俄狄浦斯

我们是不是负鼠？

在那幽暗的地府

在被刨空的地洞里

在栅栏里，在属于头上长角的鸟的故乡

是不是被缚的那只绿头鸟

有着巨大的眼眶，在空旷的场地

被瞪视？

预言的力量丰富而伟大

因这无助的躯体如同一张河狸皮

同女人们争吵过，在威尼皮克的湖畔

闯下过灾祸

可是，一位无法填满胸襟的臆想的父亲

扔出了一块紫色的石头

无意中却改变了世界的重心

改变了宇宙的重力

我们，指望什么

遥遥不可预期的眼泪

在悲伤，在迷茫的时刻，在绝望中

在古老的行刑架上，在教区内，指望什么……

即使剥夺这眼睛的光明
即使剥夺这心脏的跳动
那结果也是无法转移的啊

绞死他！绞死他！
国王们在草坪上摔跤
他们不懂得惋惜

风会呼啸而过
我们会在旋涡中飞奔
深沉复深沉，风暴和雷雨在聚集
他们是兄弟……

俄
狄
浦
斯

爱琴记忆

那么，走吧
当黑色风暴来临
还有什么可以期待
再也不会没有勇气面对他，触碰他
随他怎样出现，出现与消失
令人不解，心胸狭窄，轻佻
或者不可一世

再也不必手足无措、惊慌和害怕
与他的别离已不再遥远
虽然另外的身影在虚无缥缈之中
不受控制，哦，可是
多么亲切的魂灵啊
在船头上，在心跳中，艰难地跋涉过了
悲剧的演义，恰逢其时地活过了他自己的含笑时期

当坚强，变得无可挑剔
头一回走过一遭
许多致命的鳞伤，那时

飞行中的儿子已在波涛之中
那时，尖塔里的儿子饥饿难耐
那时，云层和船队依然静静地漂移
可是，那一切未有过喘息
凝视与彷徨，一切是那么突然聚集
连呼吸也能致命

哦，父亲
我将度过这最后的时刻，向你走来
因我再无可去之处
像那感知离别的候鸟一样
靠近了冬天，靠近了春天
那所有的悲伤难述，那所有的依靠难叙
在岩石上我就窥见了你
无畏的大海啊，低沉着，不言不语
长久以来这宽阔的海域
洗刷着我的灵魂
哦，可怜的人，你在这里再无其他
你在这里再无留恋
只有一个绝期的季节

这空旷无边的大海啊
汹涌着，我将不再步行

不再呼喊

那预示的一切就在眼前

即使死去的时刻支离破碎，我也要前往那里

那葬身的地点

田园牧歌

阿卡迪亚的平原上

一只驯鹿有着洁白的灵魂

在草丛中奔跑，像一阵轻风

紫色霞光染红了她的嗓音

在冬日的旷野里

变换色彩

这静谧的草原

一只鸽子品味着长眠之后的慰藉

在被紫色划破的斑斓之地

美丽的花园在无限地沙沙作响

到处是清香，异彩纷呈

在榉树林中回荡，长久，长久回荡……

纳瓦霍人

我们都在那黑暗监狱的第一环

我们经常谈论那座山

那座山把抚育者留在它的身后

她们用月桂装饰前额

在那昏暗的内室

虽然只是一个黄昏的寒冷气候

但天空是紫色的

在棕树上爬行和织网的野蜘蛛

在薄暮中练习着它捕食的技巧

橡树在那里颤动着

它拘禁着一个睁大了眼睛的灵魂

在呼唤，在等待着释放……

哦，一位高尚的养育者

不是别人，不是创造者

保持着他那完美的身形，持久不变

在这黑夜的发源地

黑夜安静地对着峡谷倾诉

当它们彼此都变得更加空旷

他，在那里

在相同空旷的峡谷上空

由简易的力量组成的双手制作了那些虔诚的人

他们希望在那里能够逃离

在建筑群中逃离

虽然他们雕刻，他们制陶

他们雕琢光辉的图像

他们凭着新事物的脸庞在祭坛上奉献自己

燃烧自己，走过荒凉的沼泽地

走过荒凉的花开的旧址……

我们缺乏一种微笑

在这潜伏期，在这幻觉的过渡期

犹如一只海中怪兽

接济着死亡的溃烂

一生曾走过朦胧的边缘

行走着，没有可靠的地方，终结着阒然无声的风景

那些古老的爱人们持续着，夜以继日地絮叨

歌唱着，在虚无者虚空的内心

这片充溢着普通七弦琴的物质悲哀中

轻轻地，接近那预期中已经历的轨迹

可是，我们却并不是在旷界的对立面

不是在生命寒冷的周期里

这紫色的国土

它真正度过的冬天

有一轮凶狠的太阳，死在黑暗中

死在冰凉中，在一把尘土中

插着羽毛，在人的标准的手语中

我们看得非常清楚

那花园的外部，荡起的歌声

是多么轻巧，一个假扮的面具

在完整的理智中，背对着你，背对着我们

一个肉体的四分五裂，宁静而又致远

在这里，是的

他们，给我们掰开了鸟儿的一半面具

在这里，我们忍受着彼此的洗涤

是的，在这里，空旷的布景多么别致

岩石和紫杉多么孤立，紫杉树寻找着

它的根，寻找着它的种

在那平凡的墓地上空

我们不愿放弃起点的缺口

而去凝望一个全新的起点

即使一切变得严密，并被凿空，被侵蚀

我们仍然在夸张地说

清晨和夜晚的终结是不一样的啊
你忠实于它，我们就凯旋

一个永远是黄昏的小岛上
蓝色精灵们活跃着
森林中古木参天，冻结着妖艳的喧嚣
在那深处出没的精灵们，用一种笛声
召唤着月夜和它的温柔
当榆树在梦中与你相遇，与你交流的时候
你在风烛残年之中，你在自己的安慰之中
它轻轻地抚慰着你这残躯
抚慰你这衰老的壳
将来你会有一个时间回望
将来你会有一个时间重新脉动
在它的沉默中
在它的疲惫中

风簌簌吹动着
即使你知道那暗示的信息
那轻声的召唤，你无法再回到这生活中来
那些保持不变的铿锵，那些绝望而充满生机的地平线
会有一个瞬间，在真正的火焰中，在你的心中
燃烧，一个闪耀的点和永恒的点

在心脏之上，在脉搏之上……

那绿色的火焰
由你供养，由你集结……

你知道，你的到来
你为什么而来，在此地
在船舶行驶的海域，在羊群觅食的山谷
在那坠落的波涛上
在那涉足的缥缈上
你，曾倾听一种清晰的声音
一种巨大的、预见性的
也许是一种完全由陌生语言发出的声音
在激情中歌咏着，在洪水中歌咏着
而我们的旅程将行至天明
凋零在花季，松松软软地在你的脑门上打开
另一个感觉器官，移动着你那呈鲜红色的肉身和罪孽
我们似乎只有一个特定的感觉器官
重读每一个灵魂的深度
重读最高者的国度和境界
然后进入轮廓之中，进入你扮演的肉身之中
它本身没有威胁，它本身是美好的
一个无可企及的空间
你的领域，你的状态，你的渴望

你的自然，你的行动，爬行的姿态以及你凌空的样子
你不可能是一只疣猪
或者别的什么，随着渐渐扩散的基因
孤独的因子，你依然是你
一个肉身和骨架的混合物
你的变形，在聚拢而又扩散的空隙里
你在支撑着那个歇斯底里的呐喊……

我们置身于此
我们别无选择
虽然众多生物们并不一条心
集合得并不坚固，但我们仍然是我们
它们的命，并不会反刍，此时此刻
它们呼唤，我们也呼唤，生离死别的程序
哦，天使们，你们可真的在
在审察之中，在情绪之下？
但愿一个忧伤的夜晚，没有你的眼泪
曾经如此亲切
曾经如此栖身，使荣耀与呼唤为一体
那么，快点吧，在开始就接受它们吧
哦，母亲，请别挣扎
哦，父亲，请别挣扎

在被梦和痛限制的途中

那些出现在转变中的风景

以及那些臆造的迷人的气氛

世界是不存在的啊，除了那旅行的遥遥无期

完满秩序的空间，依然充满着幻想般的紧张

和战斗的状态。他们还在，就溃败而言，他们慌不择路

狰狞地喘息着，有一刻是属于慰藉的

有一刻是属于希望的，而绝望

它绝不是苏醒中的一只猫在沉没中的发泄

而使明天加深了和拓宽了孤寂的感觉

那有赖于宣泄的空中堡垒

常常在祈祷之中，在双手的合抱中

你一直坚持的信心，它们是看不见的啊

在未知的地方，在那些崇高心灵的塔楼之中

无论一个怎样辉煌的殿堂，在空中被建造

被看得清楚，它也仍然是沉落在心中的一堵冰冷而坚
硬的墙啊

情感的华丽闪现有赖于它的饕餮

有赖于它的至高无上，有赖于梦魇的形象

谁来告诉你，在那个时刻

你能感受到的最战抖的变化

飘摇而不可即之地，灭绝了的事物

在你疑问和观望的第一座山头，那第一环

是不会再有一个新鲜的呼吸、呼吸的感官

或者一个灰色奇迹出现的
天使，哦，那么，你去赞叹吧……

在这寂静而又等待绽放的腹腔里
不仅是广阔的牧场上
不仅是在橡树的思念中
不仅是女妖们躁动的世界里
不仅是一个伟大的睡眠
不仅是一个从坟墓里走出来的美妙少女化成的蝴蝶
不仅是一个清新的夜晚和清新的空气里
这些无比优越的内心和祈福，是这里的战场
是这里的时代，不再重生，不再燃烧
这玫瑰花园里的战争，那为之动容的应验之地
是不可多得的和无法逆转的啊……

猎户星座

在这躯体倒下的地方
那曾经被回忆的地方
在痛苦之城，凄凉之深坑
那些爬行着进入最后秘密洞口之前的
是你的幽灵，是你感伤的幽灵
再也迈不出一步了
它哀婉，它凄伤，它万劫不复
那居住在桑托村的是些什么人
他们各自的命运
可曾在黑色的波涛上挣扎
他们的保卫者可曾跑过最狭长的门廊
并举着一个火把
把那高高在上的神庙照耀？
他们自己的守护神
在他们的困战中，在他们的悲伤世界中
在别人眼里，早已不复存在了吗？

父亲，我在这里
母亲，我在这里
我将要出去，在王冠卫冕的坟墓边缘

我不希望流着泪告别，离开我的铠甲
倒在尘埃里

我渴望一种更为开阔的形式
一种更为重要的审视和行动
不仅仅是后来者，也是前者
不仅仅是离别，也是别的途径上的团聚
而不是在这石头里面蝇营狗苟
那转身的机会，是属于黑夜和无边的海域的
它不歇地召唤着每个魂灵，去往那里，结束于那里
而不是这血腥之地，谦卑之地
成为石柱，成为雕像

我将环视那座沉落的岛屿，帝国
庙宇、沙滩、海风
白森林和黑森林的气息
精灵们的轻声细语
凯旋的生灵们的幸福和甜蜜，那些秘密竞技者们的
不卑不亢，在痛苦之中承受着的痛苦
在徘徊中的徘徊，他们足够的笑容巍巍地绽满了的脸庞……
我的无法慰藉的盾牌……

渐渐地，靠近了
坟墓的周围，紫栅栏只留下了最后一根银杉

榆树在一声长啸之后成熟了，也告别了夜晚

它哀叹

那来自土地温暖的抚慰，逐渐显示那不仅仅是一个
迹象

不仅仅是一个光环

和一个完美的果实

每颗星辰都无限反复

在秋天出现，无比明亮

猎户座中的天狗，有着被封杀的命运

而那条轨迹苍白无力，忍受着肃杀和残忍

一次又一次攀缘在最黑暗的一端

在每个夜晚宁静的时刻

沉寂而无声

沉闷而孤独

他者的故土，在五颜六色之中

是不难理解的。它们完美无缺，他们硝烟滚滚

他们动乱，使得别离就是一切，一切的情绪

那个纠纷的预兆，那么安静

却持久不变地在我们的外形之后啊

富于魅力，富于内心的表露，不可阻挡

以至于如同气流

穿破了咽喉，是无法能够得到慰藉的啊

哦，塔利亚之门

哦，塔利亚之门
哦，弯曲的姑娘们
请不要弄弯那最后一道上升中的梯子
那粉红的记忆会永远留在他乡
依靠它，真正的死者会恒久地保持不变
会永远留在中心的位置

英格兰玫瑰在凝视中，在摇曳的风中
撑开了鲜红的花瓣
露出了花蕾
她的手已替代了一大片人工的荒野
和铅一样的天空
播种者在那里，在她的肩膀上
带来了虚空的种子，带来了花环
紫色吊带衫、丝帽、银手链
摇晃着长长的骨盆
各种生物们凝聚在周围
那只飞速旋转的手，那只严酷的手
请不要移开它，请不要移开它
让它在里面，碰碰运气吧

它的白色痕迹的光耀

你可以呼喊、呻吟，可以在昏厥中

匍匐前进，在身体里言语

喑哑梦呓……

它知道它的出身，它知道二者

无限穿越了鸿沟，闯开了心扉

使一只受惊的夜莺命悬一线

不可抑止，在一个黑色瓮坛中消失了它的悲叹

被粉饰的一个绿色空间，骷髅的空间

从中裂了缝，被弃置在一个悬空的睡眠状态中

那微小的器官能量，饱含着蓄势待发

饱含着普通而有限的飞行和燃烧

显示了它的头，显示了它的着火点

一只鼬鼠懂得人像的正面和反面

它刨根问底，在巨型咖啡杯的底下

捕获着撕裂皮肉的声音、振翅的声音

捕获着石榴开花的效果

当夕阳在金色的沙滩上绽开了花

一个拾贝者的脚和脸

浮夸地失去了他的稳定，他的脊柱的支撑

而在他的脊柱上有一片紫色的彩霞

在此刻正穿过他那愉快的前额

那里有一片荒漠，那里有一片绿洲

等待着他，他的眼睛，他的神经中枢

那里也有一个关于一只猫的梦

那只猫瞄准了我们的皮肤

似乎比恶魔还要邪恶，它衔走了我们身躯上巨大的

一个空洞，一个我们无法承受的来自皮肤里的恶囊

我们的眼睑沉沉的

于是在恐惧的中心

它对我们说

你们逃脱不了，你们无法抗拒

秋天时来自心灵和命运的燃烧的火焰

当它吐出火焰的时候

那头顶上追赶着我们的云彩

那团团恶火就已在我们身体上燃烧了

黑夜是无法抵御的，它没有这样的能力

悲伤的夜晚是没有角度的

它已成为一个段落，一个句点了

但在月光的岸边

按照一个难以驾驭的规律它们结合了

并且碰巧新事物结束了它们的妊娠期

或者提前到来了

那必须渐渐软化的肉体，无论它有着怎样的自卑情结

无论它怎样迎合着百合的色泽

它们遭受囚笼，它们抵抗

那来自死亡语言的呐喊，没有数量，没有重量

它们在看，在听，在害怕

在深红色的靶心，在狭窄的黑窟窿里

它们注定被注视，被吞吐，被分解，肿胀并且腐烂

哦，塔利亚之门

尼科巴的岛民

那些蓝鸟，是否会永远孤独下去
孤单地飞翔？
也许有一天，它们中的一群会邂逅
结成一个族群
在海洋上空穿云破浪
也许有一天它们又会远走高飞
离开那个没有出口的岛屿
那个它们出生的地方
在另一个更加开阔而宁静的土地上生活
一年又一年……

在那里生活的人们
只有男人们走出去过，离开过家族的腹地
在一条街道上，他们观看
别处六千人的定居生活
看他们制造自来水龙头，制造玻璃器具
在玻璃与铁器之间进行电喷电焊
在那里，可以看见黑色灵魂在白天垂死的挣扎
也许没有更加甜美的消息了
他们站在那里，黝黑的皮肤就代表着闯开的秘密

他们信仰大地、水、雷和闪电

石头，以及光和白色的灵魂

他们为神灵舞蹈

在黄昏的时候，在大海呼吸的时候

他们会坚决告别白色的墓穴

他们相信

有一天他们会被蒸发，会消失

在它自身的内部和周围

消失，延续死亡的无微不至

在这个孤寂的小岛上

他们甜蜜的幽灵也不会长存

那些进入血液的黑暗，仍然会保持静谧

有一个裁缝，他从老人那儿听来一个故事

一个男人，一个女人

来到这里，开创了天地，生养了孩子

他们的眼睛都是蓝色的

他们有许多东西要学，有许多友谊要建立

当一个雷声隆隆的空隙覆盖了他们的共同体

他们的生活，难道，在那个时刻

在异域寄托希望的橄榄树，橄榄枝

在命运交叉的宇宙里，他们的交流，他们的沟通

是毫无意义的吗？

哦，我们的微笑哪儿去了
哦，我们会心的微笑哪儿去了
哦，我们衷心的哭泣哪儿去了……

安德罗马克

哦，继任者们

哦，风雨的掌舵者们

他们布下了一个个绿色滥觞的空间

一个伊特鲁里亚人的灵魂被一只蓝头鸟

卡住了复活的声带，卡住了咽喉

失去了他高超的面庞

未能得到抚慰，未能得到怜悯

在一个广阔的战斗空间

半信半疑，揭开了最为惊心动魄的一个场面

一个伟大的受伤的场面，赞叹的场面

在那儿，我们呼唤过，祈求过

却留不住一个对昨天忠诚的人

一个亲密无间的人，他的春天

他的春天需要他

那些倾心相许的感情却被调上了最高的音弦

失去了他对春天的隐瞒，他对春天的坚忍

就这样，保持了下去，再也不必察觉它

一个沉闷而被剥夺了的离别场面

遥远而没有意义……

当一个悲伤至极的父亲在沉湎

在祈祷的时候

那些站在别处的窥视者们

嬉笑着，喧闹着

我们像过去一样供奉着他们的牌位

像过去一样在他们的咫尺之间生存着

像竞技者一般行走着

那些被预测的精致的水果

让它们在身旁吧，让它们弯曲吧

让它们直立吧，让它们稳固它们的形态吧

那多于痛苦的内容，多于悲伤的成分

请不要告诉别人，请留下现在的结局……

哦，树立纪念碑吧

哦，赞叹吧，悼念吧

那些为扩张而呐喊、呼唤的意志

那些为安息而奋斗的本性

让它们自身弯曲吧，尖锐地在盾牌上弯曲吧

装进别人的内心吧

如今，它亘古地一成不变，它在遗留之地

清晰地被人占据无限的空间

难道不会是这样的结果吗？

难道不会有这样的未来吗？

现在，哭诉的情感被抑制了

在他追寻着自己更广阔的内容的时候

在他温柔地告别的时候

对于一个坚强的诺言，一个坚强的替身

他隐蔽在他的塑身之后

不是吗，他们属于他者

他们的生命属于他者，归于他者

那些轻易允诺的信号

不在那久远的年代

不在那感情丰富的箭矢里，被压迫下去

被压抑下去

不是在被否认的形态之下

不是在被惩罚的权杖之下，不是在膝盖之下

而是依靠盾牌，在那苦命的风雨中屹立着

安德罗马克

水仙花凋谢

虽然不能恒久地保持自身

依靠黄金的歌声来蛊惑人心

可是，一位内心纯洁的悲伤者

凝息静思着

他坚毅的目光

为一件处在与世隔绝的内心深处

无与伦比的湿外套

所迷恋

请不要靠得太近

因为我没有耽误太多的时间

也没有一个嫉妒的愿望

撕烂它，浸润它

那些没有被损毁更多感情的女妖

来自一个极端湿漉的中心

那灿烂明媚的天使光环

抛来一颗奇异而又纯洁的心

忍受着回望无助的过去的分裂

那些忧心忡忡的为一次闪耀而闪现的事物

山谷、树林、红头鸟

令人迷惑的绚烂的苍穹

为了不在水中腐烂

而突出它

一只有过裂纹的手举起过他

直到水仙花塑造了他古典的形态

直到他的心灵空虚，成为美感的外部

直到一个崇高的密境之地被分裂开

直到他倒下去

再也无法歌唱……

在秋天里自相残杀的两个少女

处心积虑地潜心修行着

为额外的一次炙热的敞开的吞噬而窘困

并且告别了古典塑像的身躯

用以阻挡理性抚摸的那只手

相互吞食着

而留恋痛苦之外的最后一件事

是水仙们不会再变成被解剖的头颅

被荒凉的梦所蚕食

被黑色的蚂蚁所吞食

玫瑰战争

高高耸立起来了

并且向外翻滚着波涛

凭着对奇妙事物的好奇

她旋转着绿色的眼睛

在肉体外表的最深处紧紧凝视着它

她的花朵无比烂漫

她的溪流闪闪流过

她的幸运手指被安慰在黄昏时刻

她的黑夜喧嚣、躁动

她的另一种体验里的秘密微笑着，不可言说

徘徊着，迷失了甜蜜的开放和凋谢

她的坟墓纯粹的线条太少

她的紫色裙衫罩住了蔓延的非凡的面容

只有最终的石碑铭文汇聚成了唯一的微笑的影子

那发自少数人内心国度的祈祷

广袤无垠的大海呀，在歌声中

她就在那里诞生，敞开了心胸，闪烁着肉体

在巡视之中，在高傲的漫游之中

在自己的天数之中

现身了并且脱身了

但是结果是欢欣的，是欢腾的
倾向于最细腻的感觉
可是，在那里哭诉的灵魂会像黑夜一样冒失吗？
他们各自的悲哀会反复无常吗？

山羊之歌

没有形成更高级的语言

也不是别的种类的语言

只有破碎的肢体

常常暴露在旷野的眼帘之下，饱经风霜

你在那里什么也不是

只有一个轮廓，一个简单的形态

一座冰冷的塑像

一种特征，一种代表

只有你脚下的基址还在

用石头垒成的躯干

石膏脚趾、胸腔，以及头颅的碎片

在几千年的国土之中

被仰望，形成了特殊的符号和目光

依然围绕着你冰冷的塑像

形成了凝聚的手势、口语和眼神

不会是他人占有的视角

不是一个内部充盈的世界

走进去一个现实的影子

成为一个图像，走了进去

在永久保留注目礼的身躯上，传承着一个民族、一种
语言的文献

没有一种受到质疑的存在物

在它的考验之中

在它的喧嚣之中，震荡，贴近，黯淡

那些平行于胸膛之后的空间

独自存在着

它毁掉了昔日的瞭望塔、台阶

碑文和彩色石板

重新占有了一个完整的王冠和肉体

全部中心的肉体，那一具

并阻止了它的背叛，它的分散与眩晕

不会是其他的审视角度

向黑色审视

那黑色的视角在晚霞中，在挥洒的天空中

那透明的黑色国度

处于一个异彩纷呈的升腾之中

献祭一个会心的微笑，一颗凯旋的心

坦然地微笑着，在空旷处面对面，诀别

走进去，不复返，与你同在

安达鲁西亚的歌

塔韦纳斯的沙漠

在旷野

在汛期

在鬣狗的领地，在野马的领地

太阳再度升起

一匹老马没有向水牛告别

它把最后的时间

留给了属于它的土地

狮群越来越接近争斗中的法则

它们无法控制栖息地的厮杀

一只死去的小河马的尸体

搁浅在河滩上，暴露着

被踩踏着，它巨大而衰弱的四肢无法再翻转过来

去超越西番莲的叫唤

它们就在山坡上

在沼泽里，在荒岛上

在深渊中

在交替的寒冬里

它们忍受疼痛，处境艰难

仅仅在只有一个未曾看到的有限的假期里

形迹匆匆，独自爬行

那无限的急流丰富而充满了空虚、忧虑和惊慌

它们奔跑在地平线的尽头

渐渐苏醒，又面临再次死去

那个恒久的黄昏线

那黑暗的一圈

组织了这精致的短歌

它们在停留之中

它们在奔流之中

飞跃吧，飞跃吧……

登陆者

那片梦幻花园

守护者们居住在那里

生活在那里

他们的心脏暴露在森林中

暴露在狼群中

他们静谧如山

他们奔腾如流

来自上天的多重色彩的患难

损耗了他们的手杖上的梦想

可是，稚嫩的襁褓在那里

在他们心脏深处

有一种最具魅力的呐喊和舞蹈

一种哭泣，一种图腾

静静地清洗着如血的土地

直到一个登陆者爬上岸

传来黑色的信仰

超越并且扭曲了他们发自于面具上的黑色星期日

侏儒鸟

在它们栖身的春天
在亚马孙丛林的雨季里
在它飞舞的时候
它已俯身于明媚之中了
在它的羽毛中充实了一根肋骨
发出了耐人寻味的访问
虽然它成功地接近了潮湿的气候
接近了宽敞的飞行线路
但它的叫唤不会停止，它的求爱不会停止
也许下一次，它的春天会成为过去时
它的欢欣雀跃会落寞于气候的衰竭

还未衰老的时候
即使它欢快的心，悲哀的心宁静了下来
即使它未在求爱的过程中停留
可是，它的命运就会变得轻松吗
它的歌声就会悠扬得超越明天的黎明吗？
在那里，等候着空虚的空间
只有空虚和飞翔的空间
才能让它起飞、跨越、追求

在秘境之地，在河流的湍急之中
留下了一个延误的空间
长久地延误了那同样的宿命

可是，它没有接近人类的石碑和墓地
没有接近一个国家同真理和正义的搏斗
难道它一贯发出的声音真的是空虚的吗？
难道那呼求不是转换来的力量？
不是第二次积蓄的能量？
难道它没有在暴风中寻找到一种更为敏捷的飞行方式吗？
那不是它的体格，不是它为机能而扩张的体魄

黑夜里，是注定无法飞翔吗？
那么，告别夜晚吧
告别夜晚的尖叫吧
它喜悦而又悲哀的尖叫
那些突然涌起的尖叫
那些一息尚存的青鸟
也未能留住彼此的蓝色命运
未能留住交换的轮回的命运
未能留住它们彼此的血液里凝聚的生命力

在余下的时光中
它们未能得到爱抚

红色胸膛的黑雁存在着

迁徙的鸟存在着

人类的铁塔矗立着

彩虹也在眼前

此刻，是面对它的极限，是面对它黑暗的光年吗？

是它的充满希望的缄默吗？

是否在有准备的时候就去面对它

在此时此地，就面对它吗？

像北极燕鸥，像信天翁一样

一次又一次保持得住它们远行的姿势吗？

山

期待着新的严酷的发源地

新的居留之所

被爆破的旷野，曾经沧桑犹如枷锁

碎裂的荒凉，无人问津

不会有人在乎

它支撑着的日日夜夜

它收容着落魄者的灵魂

在它的背后，逍遥着，纵情着

那是它的生活，咀嚼着隐遁着真实的结果

不会有人拿出一只手

触抚它劈空的拐杖

那个斜坡，那个坠落的地点，伫立之地

它保卫着脆弱，它的期限有限

它被冻结在某个季节

假如你没有温暖的心愿，没有俯身聆听它的心跳

没有在它的现场

那么，那里只有它的空旷，你虚构的空旷

你的不存在

一只鸟不会惊吓到你

你没有来过这里

在你的身躯之外，回响着你肉体无奈的傲慢

蔑视着你掌控的一切

发生的一切，那不是上帝的手

不是裹着黑色丝巾的死亡夫人

她没有微笑，她不期望清醒过来

让那些星光停留在原点

在原点，在那里

一个个飞翔的心灵图谱

遗留下了战抖的胸脯，留下了一片空旷的灿烂

黑色星空重新铺满了远行的行者

在你我之间，在河流山川之间

在悬崖之间

山脚下的那两位死者

曾经埋葬在鲜花之中，埋葬在那里

形成了一道加冕的弧线，在视野之内

他们倾听过它宽容的范围

当你起誓的时候，它不是一枚坚果

不是一种怡然自得的征服

但确实，令人敬畏

它成熟的容颜

它的经过

以及别人未曾到达的空中界限

它抓住你的血液，让它沸腾

当它蕴含静谧的时候

便在生命之后萎缩，坍塌

第一次，它的伟大建立在生命的颓败之后

一点一点地消耗着自尊

消耗着我们围拢它的心

当它在旷野中凝聚着张力

在大海上发出的声音隔着迷雾，隔着低低的哭泣声

传到了在孤独中脱身的对岸

窥视着一个机械的打扮者

那时，你不会注意到它愤怒的战抖

你回忆着

年幼的时候在一个花园里散步的情景

那时，花园是人类屠宰场地的叹息

它一次又一次地暴露着斑斓的皮肤

闪闪发光

在墓地，在卧室，在没有区别的旷野里

你无法成熟并保持辗转滚动的秘密

接着呼喊着并消退了下去

并且显得很苍老

在肉体的局部溃烂

一位知心的人，体谅着那种困境

山

你知道，你知道"我"的处境

一切都在寻找欢娱

可是，它就在外面，真实的场景，真实的结果

就在你悲切回忆的地方

在悲伤的甜味中

它翻过一个跟头看过我们怎么跌倒

它已成年，并且迈出了惊涛骇浪的第一步

一路朝我们走了过来，熟视无睹地走了过来

再没有别的因果了，等待变成了遥远的

不可预测的前景

可是，仍然可以携手，仍然可以相扶到老

到达它等待的期限，不会再有遗憾

不会再花必要的时间去躲避

来自于骨头上的致命的伤害

可是，那儿的重量很沉，一直在骨头上旋转着

在耳朵上磨搓着，咬牙切齿

达到了一种悲哀的严肃表情

站起来，在深渊中探望吧

也许，它们会在那里结束一个漂泊了许久的身影

一个放荡了许久的旅程

以一种亡命的形式

别人看不出它被清洗的模样

山

不曾显示出它的本色
凝结着活力
和一个在紧张后面喧哗的世界

山

掌舵者

你们该倒霉了，可恶的灵魂
你们永远不能望见苍天
我此来是要把你们渡到岸边
叫你们去受火烧冰冻之苦，永陷黑暗深渊

你们在这里是没有本质的
连肉身的身份也没有了
没有出路，没有过去，没有未来
在这里只有一种物体的形式
从表皮上生成
只存于现在
皮肉所受的苦持续在时间之外
那深渊的水足以令你们丧胆
毁坏你们的外体，毁坏你们的内心
使你们不能发声
且消耗着你们的语言和禀赋

你们生长着，长有眼睛
从里到外回荡着在血泊中的健康
一个是无足轻重的，一个只能是一种物体的代表

从外面的世界被压迫进来

正如被索取的那一个夜晚的梦

折磨着，摧残着，与之较量和抗衡的命运

没有明天，没有一条被指明的道路

那实在的，你们在这里

被驱逐到这里，流落到这里

如今一个个被撕咬

被吞噬

不能被触碰，不能被抚摩

那些恒星天体、重金属、太阳的轨迹

日渐消除了失去理智的头脑的膨胀

哦，别期望于幻想

让那些不可言说者

在你身上发芽，生长

长成参天大树

别期望，幻想胸腔里那肥沃的地方

漂游到美好的远方去

漂游到美好的心灵轴心里面去

你们只有一个未知

否则一个竖琴的声响会冻结你们的心

你们的幸运在这黑暗时光的隧道里

在这里巡游

那些无法改变的被驱逐之路

在沸腾之地燃烧的模样

在蔓延，扩张着你们被训教的后果

惩罚和受戒的形式

在你们身上警戒着

是谁，因为贪婪而付出了他可耻的人生阅历

遭受着报应

那些发生的，不能带走的

现在处于困境

慢慢地经历，躲避死亡集训的证据

这最后一回，因果欲望和因果报应已降临

在这里，你们的内心被啄空

保留着外在的形象，在另外的路程上

在另外的港口

你们不是最后一代人

可是，只有一回

区别于他物，区别于石柱上的老鹰、狮子和眼镜王蛇

区别于太阳的符号

它们并非被迫的降物

并非不可逆转

你们在这里受惠

急切地想把形体附于它的根茎和意愿之上

掌舵者

在它的根部产生梦想

经历了，结束了

在此后，在它们传播的中心

你们置身于此，在临界的第一天就期待重逢

那些经营着希望的故乡

指望着它的另一个春天会在这里降临吗？

那些生命遭受诅咒，不可宽恕

那些无力到达转身的情感

死在睫毛的皱褶之下

在上天的雷雨之后，因为你还将死去

即使你从坟墓中逃遁

那一千年归宿的星球和家园

那个历经一千年沧桑的国度

如一片连我也不熟知的迷雾伫立在这黑暗的船头

掌舵者

罗马人

他们在这里出现

在烈火中献身

他们只能在这里呼号

那三位来自佛罗伦萨的市民

在这里停留，自言自语

在燃起的火焰中，疼痛穿过他们的心脏

在高空中旋转着的身体

来自现实世界的凶兆已无足轻重

尽管那时刽子手手握利剑

高声呼喊

在一个混沌的世界里持续着他的力度

在一个他中意的城市里

一个同病相怜的城邦里

结束了最后的自相残杀

结束了每个人的哀号，结束了石头的回忆

在那些静止的扮演者的生命中

在销声匿迹的记忆中

那些被抛弃的忠言和善良愿望

如今，也已染上倾覆的烈火

被召唤去往前世，来到今生
被照进荒芜的祈福地，照进完整的核心，完整的身体里
照进世界的另一个中心，罪恶的来源地

他们的英勇和礼仪指引着肢体
指引着尘世的命脉
在一代人牺牲幸福的时候，渴望着拥抱的时候
他们以礼相迎，生存在崭新的环境里
他们付出了
却不再拥有珍珠般的早晨
不再拥有隔空的华丽时光
现在是如此孤单
他们，是呀，那么多人
那么多的后代行走在一条凹空的隧道里
天生的缺陷是无法填补的
那黑色的暗影是什么？
只留下无限的荒芜时光和悲伤
一个完整的无法缝补的伤口，弯曲了
在浩瀚的苍茫中消失……

航海时代

他们在火与闪电的边缘

在汹涌的大海边缘

在黑暗的边缘

没有谁能够重复打破那夜晚的秩序

怎样在混沌中维持秩序？

他们虚浮着

在另一个崇高的角度

他们，聚集的繁衍者

如尘芥，如草莽

当无处不在的灾难场面

召唤着众多神灵的美名

在归于寂静的彻底中丧失了感性的肢体

而在那天空的繁星中间

如今，也已恢复了他们心脏的跳动

最有力量的权威者

把它的权力推上了守护者的翅膀

推上了王冠

一座王城的光辉在大地之上被俯视着

如团团浮云，凹陷进去且闪耀着

在开始，也在终结

保留着一个相应的和完满的尊严席位

那些负有使命的沉重

歌者的颂扬在持续，赞美在持续

如他们消失了的形骸

在伸开的手掌中，变成了一个个承诺的时间点

他们，佝偻着身躯

在冥荒中留出了洁净的空隙

自始至终

聆听着，谦纳着

不可描述的尘俗的生命

当我们迷惑着

世界的中心在哪里

什么时候开始，什么时候消失

万物，无数次被这样责问过

而他，他在那里，微笑着

在他创造的故乡

无辜的眼泪是为谁而流啊

我们惊诧地把他当作救星

我们多么无依无靠

那不是一场噩梦

那只是曾经

是冥荒时代，是茫茫的幽土

是终结的冬天

是我们永远无法再回首的日子

他们曾在我们心中轻巧地发源

正如他们不曾留下过脆弱，不曾留下过敏感的消逝的痕迹

恰如我们正好经过的最后一个夜晚

一个无法再挽留的夜晚

被遗传的空旷包围

航
海
时
代

天平舞者

他是一扇门
是独一无二的
在整个人群的视野中
在他身上，没有其他
他在入口的地方永恒地停留
远离了空虚的命运和手臂
在那个区域，不是你人生的第二回
不是能力的存在
不是自我，不是毁灭的自我
在每一个生命的延续中
亲临着尸体缄默的天性
它从那里进来
已不在记忆之中，不在等待之中
不在等待成熟的果实的第二季节
它从时光的存在处爬了出来
虽然你被还原，成为一根死亡的睫毛，一个死亡的肉体
但是，我们仍然需要勇气
从它们，从异兽们的身上爬起来
被包扎，被缝制
我们需要勇气

揣摩着整个变幻的轮回

在变幻的臆测的空间

我们已经没有能力，丧失了感知

无力抵抗星象图上的砝码

面对它，永远面对面

没有出口

它在那进来的地方凝视着你

在你身上织成了恒久的网膜

天
平
舞
者

谵妄圆舞曲

1

当一个倾覆的夜晚摇晃着战抖中的黑暗物质
达到最轻妙的毁灭
它，一个一开始激扬的心跳速率还在那里
用身体呢喃着
当它终止在抛光的刻刀上
黄色的命脉还一直在积蓄
连同那些微弱的
几乎不曾出现过的事物，不可描述的事物
在另一个春天里诞生的绿色
显露出她那容易消逝的脸庞
一经吹拂，便泄露她的伪装
那些最后相连的唯一的现实
难道是一个更加高尚的旨意
进入了她春天的希望之中，她的臆望之中？
或许一直在暗示你的希望
刻刀的迷恋？

当沉默在风中飘落

谵
妄
圆
舞
曲

像死者一样溃烂

在草丛中，在鲜花中

被赋予具备生命的石头形式

开始了心的跳动

不久，即将从视线中走出来

拥有一个完美的身躯

和一个完整的梦幻般的生命

她会悄悄地潜过最初的一个夜晚吗？

2

这个夜晚

不是为你准备的

在漫长的弥留期

在这被赐予的夜晚

你不是医治者

在这人间，多少天，多少个季节

激活了粗糙的神经，使它永保清醒、敏感

并保持长久，保持细腻光滑的内部

在你所未曾开始的时间之中

在那些石头的姿势中

那些被雕琢的骨干和形体

一经触碰，便停留在了幻象之中，使她走得真实

含情脉脉

而别处的噩梦似乎还在持续

等待着它临行时就预备的终点

3

在那朦胧的心中
眷顾着
夜晚的时光
眷顾着孤独者的脉搏
在粉色的墙壁上区分开肉体与冷若冰霜的石头
你本来应该安详地沉睡下去
或者，佯装是一个没有生命的肢体
可是，如今，却被猛烈地凝视着，端详着
并且敲击着这心扉的大门……

一个诞生的时刻
一个新的高度
一个决定性的紧要关头
一个改变你我一生的最后的敲打声
也许，我们之间的注视不必急于在真实之间
空空的闪烁，成为传奇
那么，请你述说吧
你站在这儿
你有一些时间
如果一个人
他从石头堆里走出来，来到你身边

也许，会有更多的注目礼
在那个心中凝聚起来的歌声的组合里
激活了心中颤巍的幽灵，颤巍的神经
激活了创造者的另一双手
捂住了激动的心跳

那么
站在这里的身体
不会来自从前，今后也不会再出现了

4

在旭日中
在光明中
在圣洁的玫瑰花瓣中
在轻巧的仙女群中
在幽暗魂灵们展开双翼的晶莹中
迈出了她的第一步，向你走来
诉说着她的第一句话
"你在看什么，
你在这里守望什么，
等待着什么呢？"

5

我想到过永远

我想到过这一生

在你还未来到此地的时候

我扪心自问，难道我真的能相信前世吗？

能相信素未谋面的恋情是真实的吗？

难道，那些虚伪自设的言语

会一直拖延下去吗？

现在，好吧

我们也许已有足够的时间

想想彼此，想想自己，想想这个世界

我和你，或悲或喜，或苦或甜

如歌唱般幸福

沉醉

那一会儿，恍惚之中，我将要屈从了

我欣喜若狂

思索着一种没有你也没有我的意境

冰冷而没有温度的拥抱

彼此却又温存着，静静守候着

或是一个清晨，或是一个傍晚

改变你我生存与死亡的一种方式

改变咄咄逼人的上天的一种情感

6

终于，它被认出来了

当它闪过这心灵紧密的云层

当你走出来的时候

它就在生命的爱心之中

几乎是火焰般

闪耀了出来

并认出了你我灵魂之下的奴隶

在这肢体下，无声无息，枷锁在肉体之中

一个因祈祷而感到神秘的内心事件

就这样越过感官的任何部位

在虚无之境就获得了纯洁

紫色的曙光和平静的海峡

如海的洁白部分，如它的美丽的核心

当你返回人世的时候

预感到那里躯壳的空虚

凭借着初次相遇的最初的由衷的言语

让那些注入心中的情意

浓缩成情感的哀怨的荒地

你我都会有一个巨大的空间

不会失去缠绵之后的活力

不会失去紫色的神袍

和各自玫瑰般的命运

7

犹如一个纯净的死者

在下面安息着

仿佛一个世纪的旅行者

有别于伤感的神情

展示着肉体之外的蹉跎，爱的烈焰

俯冲的姿势

打破你我之间迟疑的召唤

不要哭泣

那是第一次哭泣

是天秤座的第一次嘲弄

增加了你我的视觉压力

在那里，被窥视

此时此刻，你

会有一个权利，一个离开的权利

一个感觉上的价值

让那坚硬的物体离开

模仿另一个生物的手

在花园里卸妆、化妆，闻一闻玫瑰的香味

在你的感觉之下，被遗忘的哀伤的面孔

会重返于墓碑四季的遗言之中

那么，除非是一个奇迹

让她回复到她自己的身体中去，回到石头中去

除此之外，只有你面对的那一具形容难辨的遗骸

空空地被丢弃在这里……

孩子们、死者、妇女
来自于他们内部的重量
如一枚枚噎人的果，冻彻心肺
从内部生长着，并且前进着
毫不察觉流逝的面貌和声音
"那么，燃烧吧，
烧吧，紫色的火焰，
在这儿，你拥有一切空间！"

8

从埋葬的地点走了出来
从孕育的地点走了出来
曾经，在那里，没有地点
没有消耗体能的时间
只有一个梦幻般的境地，纯洁的形式
在那里
你是最纯洁的一粒种子
被伟大的播种者侍奉着
织成了你身体上的泪水、血液
以及微笑和痛苦的表情

某种突然变得空虚的力量

那些母性庞大的胎盘
花粉般的蜜事
收获着扣人心弦的季节
黑暗、皮毛，生生死死
饱含着人心的激动、爱和恨
以及一个心灵的金色愿望

9

一个一再保持沉默和敬畏的黑暗的第二故乡
超脱了一种令人反省的生活在卑微的信仰之中的
留恋
谦卑，告别又留恋

10

当一个怀疑的面孔转向内心审视的时候
那里没有人
没有心中的野兽、恶魔
发出咆哮
一再地奔跑在你的前面
当我们在自己的原野，在自己的天堂里追求着
另一颗血淋淋的心脏
抛弃它的疼痛的时候
当爱抚继续的时候
就决定了它的另一种爱抚的力量不会被抛弃

不会受到拷问

11

一阵风，多于更多的言语的述说

在两个身体的接触、抚摩中

感到令春天也奔放的气息

令肌肤也敏感的末梢

在如此呵护的心愿上

那些高于生命力的表达似乎多此一举

仅仅用心去体会，在你我的眼神中

最持久地让它的温情升腾

在幸福的甜蜜的交流中

如同大地丰盈的孕育

在体内滋养着伟大的情感

难道会是她吗？

难道我也会是她吗？

难道这恒久的酝酿与雕琢

是白费心机了吗？

当心中平静的时候要让她成为源泉

成为灵感，成为本性中忠实的呼求和伴偶吗？

让我伴随她，让青春永葆

又温柔地接近她的成长吗？

接近幸福的歌唱吗？

多少个夜晚

多少个心扉难续的对象

即使沉重而辛劳

即使你在一瞬间失去了手中的工具

你对心中虚无的身体的构想也不会轻易地成为空白吗？

还是继续留恋在幻象之中啊？

那条起源于她胸脯中的河流

在那里没有人，没有河边的墓地

连接一座桥，通往阳光和热带雨林

又仿佛是一片大海，波涛澎湃

可是在那蓝色眼睛里面却是平静的画面啊

依靠着，那蓝色海洋的浅滩

像鸢尾花一样的身躯在花丛中

或许，那是女人般的田园

在你的内心胜于自然的哺育

是的，没有别的田园胜地

使灵魂得到徜徉的栖息地

安静而独自在审美中

第三只眼睛也不曾旁观，而恰恰是冰冷的心

构筑了那片田园，那片心之腹地啊

在你波纹般的薄暮之地

恬静地凿开了死亡宁静的缺口

那么，那里是生命的纤维吗？

那么，那里是爱的箴言吗？

那么，他们是在感悟之中吗？

是重逢吗？

是悬挂在灵与肉之间的对话吗？

…………

荒野地平线

危地马拉腹地的森林

浸泡了上千年，在雨季的痕迹中

冲走了大多数的血渍和颅骨

那片陆地曾是绿色阴霾的部落城邦

玛雅人飘飘忽忽地生活了上百个世纪

咳嗽着，战抖着，吐着鲜血

在鲜血中蜕皮

但数百年来一面王道的旗帜

征服了地平线上流传的传说

像蓝色海豚的房间和它的容颜

留下的是千年的尘埃与残骸

那些已消失的传承的歌声与咒语

不会在文字中复活了

象形文字，没有人能够读懂

山一样的文字，沉重，陷入到他人的梦里

陷入他人的尸体中

如今，只有等待考证，只有森林的疆域

河流的潺湲与美洲虎穿孔的牙齿

而那些陶片，来自于公元八百年

连同庞大的尸骨数量被挖掘了出来

秘密中的秘密，在石头中，在无生命的塔中
闪耀着它昔日的黑暗与残酷、激情与强悍
但他们是战士，是君王，是巫师
他们是问天者
在绿色羽毛的荆冠之下，在黄色羽毛的荆冠之下
试问干裂的书面文字、历法，以及精美的面具
如何在群众的狂叫中沉入淤泥
沉入历史伤心的凄厉之中……

昨夜星光灿烂，昨夜不是伤心的
多少个注定要接受幻影的象征
玉器上的图形，太阳的脸，彩色的符号
从天空之下，建立起的许多的茅草屋
生动的，形象的，在他们的胸脯之下
腹部之下，黑暗之下
一群来自东海岸的陌生人
他们来寻找黄金，他们来寻找信徒
更多的黑色的生灵们，紧闭了眼睛
在他们秘密的手语中，肌肉瘫痪
一个逐渐老去的旧的树木形象
只剩下一个点，剩下一个平面的构图
一个空洞的裸体的身躯的点和影子
一个被折射的残骸。古代剑齿虎的牙骨
沉默许久的牦牛的叫声

随风飘荡着，形成了一群生物们怒放的属性
但仅仅是活泼的，跳跃的

来源于天地间的火种
它是充满了理想，充满了能量的吗？
它距离墓地的现实是可靠的吗？
他，不知去向哪里
一个奔跑者，打破了先人们留下的诅咒
为什么是他，被打破了头颅，被剖开了胸膛？
在石头祭坛上
云朵会引导他的灵魂向上升腾吗？
难道一切都是真的吗？
星空图在肢体之上，在老人们的狂呼中，祈求之中吗？

当屠杀发生时，在埋葬进行的地点
更多肉体无法理解那些仪式
薄暮中的暮光绝不仅仅是时空的见证
那片被人们耕耘的玉米地
绝不仅仅是跨越到今天和明天的时间机器
贝壳上的文字，难道不是最精致的文字吗？
拼命奔跑着的一个棕色的头是忠实的吗？
一个极好的轮廓在杀戮中也烟消云散了
隐入尘埃的身体是在痉挛吗？
至少，他们回归了

还准备像鸟儿一样鸣啼

"这片土地，我离开了她，

现在，我又可以回归了……"

荒野地平线

143

化身

单纯的合成物们

从开始成熟起来的时候

就指望着他们的阳光，指望着幸福的守护者

沉迷在他们心碎的梦幻中

为不可再返回的地域

为一个温暖而无法折返的人间

抵御着一群鸟儿们的天堂

孜孜不倦地感到欢欣

当一片夜晚的暗淡的光芒

回望而绝望的时候

孤独是他们自己的形象

除了沙滩、椰子树、旗鱼、风信子

深渊之下的倾斜的琴的伴奏声

他们永远都没有被释放出来

基迈拉

仰叹长空的生灵

俯冲着

匍匐潜卧的生灵

俯冲着

基迈拉历经磨难

被恐怖的呼啸的紫色火焰包围了

一只青鸟

掠过人类的头

似乎有话要说

那心灵的窗口在死亡的时光中

被拟造出了一个新的造型

新的语言的慰藉，在体内号啕

等待着，等待着一个寂静的港口

让他们重新充满活力

那些异彩缤纷、纵情狂欢、郁郁寡欢、宁静神秘的

事物

基迈拉永不开口，一如既往

向前，向前……

哑剧演员

"我们怀念漫长的旅行，

怀念冬日的凛冽，

怀念烈酒和女人的身子。"

一群到达车站的人们

他们以假笑，以厌恶

以他们闪闪发光的皮肉

敲击着时代的光速

敲击着拐杖、轮椅、手推车

敲击着墓碑上的铭文

他还没有爬起来

在北方的圣山上

停留的声音该怎么办？

哭泣的母亲该怎么办？

弥漫的悲哀还未被忘却

居住在方船上的居民

凝视着餐桌、卧室、壁炉、煤气管道

哥特式花园、冬日的橡树

当陆地都在靠拢，该怎么办？

挣扎？盼望？昏厥？呼喊？

在菱形的山地手舞足蹈？

那里的声音还未显示出来

一片广阔的天空

在大海与陆地之间

假装成波澜壮阔

假装成死去活来，呼天哭地吗？

凤仙花森林

且让他活着
一两天，又算得了什么
不必操心这个和那个
怪异的闪电圈、雷鸣圈
每年的洪泛区
一度成为他滋润的乐园
我们不应为它塑造更多的红树林
弹涂鱼
它来了，又走了
一群蓝红色的金刚鹦鹉
在空洞的树干陪伴着你
至今你也没有觉得会匆匆消逝
在洪泛区没有别的可能
经历第一次又经历第二次死亡
一面歌唱，又一面领略
超越别的可能发生的幻象

时光·星座

它始终在我们眼前
我们在注目，在审视
它来来回回而变得模模糊糊了
像时光在我们心中穿越
萦绕在我们的感觉之上
但是，我们仍然留下了遗憾
除了你，没有别的什么
我们没有别的有用的语言
来宣示我们的诚恳
宣示我们的忠心耿耿
那无言的沉默，意味着什么？
当另一个星座还在消逝，还在碰撞的时候
似乎已经没有任何物质了，巨大而又轻盈地绕过了我
们昔日的没落

雨后美洲

一只鸟，它活得真实吗？
一只猫，它叫得真实吗？
世界的尽头
烈火熊熊的桥被展示出来了吗？
在双重的国界上
山谷，与山谷神秘莫测的对岸
在星辰的余晖下褪色了吗？
它们会完好无损，会灰飞烟灭吗？
它们将置身何处
使鸟类的世界更加洁净？

丧葬地

日食，就在眼前
萨满巫师们进入了迷狂的状态
他们盯着长角的兽
听着鹰的语言
他们进入了另一个世界
他们看清了另一个世界
新的幽灵，新的生命
在世界的那头
那种喜悦，那种悲哀越来越亲切
沉睡中被唤醒的干净的燧石
加强了彼此超验的震撼
他给予你的，你给予他的
安静而又不朽

卵石，意味着敬仰的力量
鲜花，意味着一个葬礼的梦幻形式

绕过那座赫赫有名的雪山
是宇宙的一个宁静的世纪
它穿越过我们的心灵，穿越过我们的头颅

刹那间，给出了鱼纹陶罐、青铜酒器
给出了象牙和发炎的肋骨
和一座不同于黄金年代的空中堡垒
和一条异样的光辉道路

丧
葬
地

五个世纪

1

没有我们

没有新的继承者

被统治着，但是每一次却都不占有

过去和未来

过去和未来的生活，时间和空间

情感上的忧愁被自然豢养

在它被侍奉的最高境界

都将被无忧无虑地遗忘

奇迹和赞美都向后退缩了

那些被收藏的一切美好事物

不仅是暴风雨之后的清新空气

不仅是心旷神怡的高山大地

河流与海洋

不仅是黄昏的保护者

灵魂与肉身的栖息地

不仅是平静安详的牲畜

所有这些经历了第一次转变之后

仍然得以呼吸着

被无限地连同黑夜一起闪耀

完成最不可更改的波澜壮阔的命运

2

我们没有

我们没有另一颗心

没有另一种求爱的本能

没有洒血的牺牲品

我们没有另一种超能的体力和智慧

没有高过心灵和母亲子宫里酝酿的一颗头颅

没有关于洪水故事的经历

没有明媚的春天

没有理想的伴侣

既无欢乐，也无悲哀

浑浑噩噩就度过了童年，度过了成年

在奥林匹斯山的脚下

连众神的声音也听不见

3

灵魂王国的消逝者

他们本身就是回归的生物

我们不再察觉他们

不再以他们的力量为荣

不再以他们伟岸的身躯领悟最初的愿望

当他们从坚实的矛中跳出来

当他们在绿色的金属锈迹中

铸成了自己顽强的双手

一条狭窄的道路便从肉体的世界里延伸了出来

唯一的一种经历

唯一的一次经历

担起了风险，那来自黑暗的风险

和有关死亡的果实

早已铸就在他们的胳臂之中了

4

他们的消逝是永恒的

他们只存在于内心世界当中

在贵金属的强度中

在冬季的巍峨中

虽然他们沉没

但他们仍是高不可攀的

他们活着

以不同的形式

以公开展现出来的形象

活着

活着，意味着孤独

却比别的死者都要充满象征性

充满个体的活力

然后，被侍奉着

然后，让肉体之语开放更多

羞怯的，胆战的，恐惧的，痉挛的，抽搐的

如你，你们

拓宽道路的守护者们

你们东奔西走的样子

因为爱，因为恨，交织着更多的情感

交织着正义与你们彼此

那里是一座城，那里是一片港湾

是金发女郎，是汹涌波涛上的岛国

为了抵御，为了进攻

为了占有，为了报复

面对着面吐出了更多的喊叫

神秘莫测的符咒、预言

在身后，在遗址上，在记忆里

他们仍一如既往地创造、仰望

他们在哪儿

他们围绕着众神与彼此

围绕着一切

围绕着无穷和故乡

围绕着星辰的边缘、大地的边缘……

5

崇高的你，抛弃了我们

你和我，都是同一件事物

作为同一物种

把他交给谁？

黑色的、白色的、黄色的

散落在宽旷的边缘

你的故乡不在这里

我的故乡不在这里

他的故乡不在这里

我们掺杂在一起

点点滴滴，血肉横飞

不管在哪里，已改变了模样，改变了形象

有时是我们自己的心

有时是我们的眼睛和头颅

强迫它们，变幻无常

哭哭啼啼，是疼痛和怨言

是灾难和抱怨

是邪恶的经验

是泪水与微笑，是苦楚与无奈

但是，什么是后来

什么是最初的心愿

什么是最后的惬意和归宿？

呜呼！是痛苦，是一段残酷的经历
现在，即使我们再坚强一点
一件乐极生悲的事情
也已无可挽回了啊

森林之歌

在你体内
是黄沙，还是绿坡？
是整个黑暗以及灰色的窒息
还是一块轰响的花岗岩石设备？
告诉我，走向何方
是干涩的砂岩，还是形如峭壁的绿洲？
是溶解迷雾，还是闪烁在一旁
闪烁在赤道的裂痕中？
我们用一声竭力的呼喊
企求你留下来
通过透光的眼、黑色的眼、绿色的眼
绿色的血液
感觉你伟大的硬度
感觉你，山脉的深沉、孤寂
像地幔的熔岩一样留在我们身后
留在我们体内，像血液一样流淌
像血液一样流淌……

繁星集

1

哦！招魂者的尊容是难得一见的
呼唤者呼唤过，朝觐者膜拜过，曾经把生命
轻轻叹息。如今，他是出生者的见证
是酝酿的不可多得的肉体的周期
是华贵的诞辰，却又使他们错失时机
扰起尘土，蠢蠢欲动

他呼喊一声"喂！"哀叹一声"告别！"
假如他们的造物坚强许多
挺住脆弱的盲点并领受梦中的旨意
防止一个久久沉溺的灵与肉发轫于听觉
发轫于视觉和睡眠
并被摧毁结出紫色的血痂

使我们在就要亡故的时候
还清晰地听出它的喃喃细语，它的絮叨

2

他们安息了，是令人沉迷，令人向往的
随着他们宁静的模样
一尊尊、一座座被大理石柱凝结、积聚
他们的可爱不再是从头发从脸颊发端
那位是谁，惊涛骇浪地站立在船头
把她天生的胜利赋予风和大海？

赋予人类的顽强
我们将错失一两位辉煌的面孔
那些耳熟能详的事迹不应成为我们的变形
成为另类，成为异端
我们不被理解，一两回，又岂能长久地
承担琴弦的幽眇、沉重？

我们一面招手，一面饕餮般领悟她玫瑰般的芳香
又岂能挽留住我们短暂而仓促的今生形象？

3

玫瑰，从天琴座的歌唱中
涌出了她的花瓣，奏出属于她的情歌
每一次都不短暂，被唱响了
高出天际缥缈的回音，成为杳渺的反射

她来了又走了，比多时的我们更加反复无常
我们在消逝中，在被弹奏中

没有多余的耳朵，我们没有第八感
我们在自身之中就渐渐消沉
比它的凋谢速度还要快
比它枯萎得更干，更没有呼吸
那易被我们忽略的驻扎在花根下的气息
未经过我们的身体，就升腾了

哦，玫瑰，你一面逾越
我们却几乎一面萎缩

4

我们一度身临其境并唱起过他的山歌
他融极乐为一体，把星辰转移
今生今世的人，生长在两界的边际
目睹了他强有力的结合和严厉的风采
遵守着他亲自划出的清规戒律
为他广阔的天性所容纳

那称之为恶囊的地方，硕大无比
在那里有许多叹息，有许多祭坛的祭物
他执掌着度心之筏，承载了千古流离的陌生面孔

却给别人留下了远古怨恨的河流
我们除了言说那燃烧的旷宇
就只能无穷地回味他给予我们挣扎的空间

我们再未从此处爬起来
脱离过他引力的核心

5

哦！叹息之墙，远离了大地的根
在它里面震颤着，为星群的道路
为黑暗的源泉铸空了它的模型和边疆
不仅使生命之环的血液无法流淌
不仅使春天的牧歌无法吟唱
也使它不能有苏醒的目光

我们把心缩紧在舌头与牙齿之间
体内希望的焰火只有过一次闪耀
在它的境地，无法保持住心的归属
没有别的制陶工，没有记事法师和工匠
天宫的形象全凭那一点铸就辉煌的魅妆
和它巨大的灰色大门，在你到达的此时

也是那时，全凭着梦境中的意象
孕育了体内奔腾而紧迫的死亡

6

告诉我，我是一个今生的人吗？

如往常，如别离的真实，又常常欺骗了自己的心

周而复始，无穷无尽的循环、反复

一次又一次，一天又一天

我长成于此，长成于他的手边

长成于他的根，渴望着被培育

为往常坚定的信念，执着于其中迷恋的形象

而时间何在，神圣的斗士何在？

从他们的嘴唇中喷发出来的气韵

旋转于地球的天边，生生息息存在于躯体中

在我们的敬意和神往中

如四分五裂的往常的器官建造了归属于它的神庙

它的黄金头像，它的至高无上

如往常一样，我们顶礼膜拜，可曾窥望过他的真身？

7

我们且观看天象，龃龉神意

既然有那么一天

且让我们由第二座恒星曲转此地

并由它托起第二个明天

繁星集

我们不会再在昨天的起跑线

不会在昨天的草坪，昨天的后花园

仰望行星的坠落，仰望人间的悲欢和离合

我们在它之下，感受着它的张力

坠落在内心深处

我们乐于回避忧虑地感知

每一次高瞻远瞩的图形和想象

确认它的新高度、新尺度

如同生存状况下的心

未曾预料过一蹶不振的战抖

8

那么，期待吧！在其中……

无论等待多久，无论我们的成分是什么

都意味着一个少许岁月的精髓

意味着自我的温情

意味着皈依和舞蹈的渐渐娴熟

假如你不曾这样开过口

曾经我们是同一个变种

曾经我们保持着血缘关系

迁徙到土壤和岩石中、沙漠和海洋中

曾经是完美的替代物

彼此亲吻，保持长久而又紧密的关系

在我们的语言中璀璨而又丰满

我们仍然洁身自好，由蝴蝶蜕化成你我的外衣
我们且显现真身，让黑暗的奥秘恢复到脸上

9

我们曾当着彼此的面和目光
过早地将情感注入坟墓
注入你我温存的栖息地
若是有一种歌声接近过你我
渴望温柔的触抚，渴望真心的哞叫
一度弥漫在忧郁蓝色的地址上

我们知晓这世间漫步的阶梯
在那里战栗了起来，抵御过许多
为一切挚爱的故乡的对象
再也没有了冲动，我们的心将继续婉转颂扬
为无形的黑夜警戒

一面去拥抱，一面抛弃来自地面上的花开王国
在心中却失却了它最初的发源地

10

你对那片深渊有过贡献

你创造过桥、船和带枷锁的离合器
有良心的人尝试着给你更加广阔的舞台
从你那里领略空中的呼吸
给自己，也是给别人一座浮现出来的城
一座太空城堡，如手掌上的帷幕

闪烁着，向上或者向下
那身躯是无形的，支撑着异乡客的跳跃
然后是返回，是故地重游，是地国的疆界
每个人建造着他心中的措辞
但你，走过去了，走过了一切
溜走了，留给别人的是剩下的潜台词

当我们并未做好充分的准备就出发的时候
你，作为缔造者早已缔结了他人的心和一切

11

一个征服者的姿态和模样
是不可忽视的。而不可思议的一举一动
有多少人认识它，惦记它
枯萎下来的花季也显得更美好
逝去者曾按照另一个日落生活过
打破过生育者抚养的力量

且让蝴蝶兰生长在热带

让死神之树生长在干旱的西部

且让奔跑的兽燃烧胸腔

它们是不羁的，我们抬起了头，开了口

让另一个身影放射进瞳孔里

让彼此相形见绌，用躯体对抗躯体

卑劣地去跨过彼此之间的隔阂

12

拾荒者，曾把不朽的事情藏进了睡眠

它曾一度是空气，是水的成分

几乎是零，是消停的谵妄者

频频在空旷中长途奔袭

使它得以发育在身体之外

实现在身体之外，睡眠之外

它使肌肉扩张，瞳孔缩小

改变了诸多新生者的根源

却并未给他们绝妙的风景，和妙语连珠的词语

未曾欣赏过他在人性中的完美

他不曾恬静，也未曾热烈地鼓胀着腮帮

让我们的名字在尘埃中瓦解

让我们生活的另一面扬扬得意

多少能给人一点慰安……

13

凭着我们青涩的本能

我们惦记他

在富足的永不衰竭的心脏中间

是你最甜美的闪耀的青春年华

和最温柔动听的给哭泣者的嘱托

我们在胸腔中都有一幅衰老的模样

被推置在更广、更高的地方

慈悲是我们战抖挣扎的力量

我们悲戚于它的破天荒，它的展开形式

它的闲暇时光，它的好天气

它神经的疑虑

纯正悲悯的四肢

连续将我们推倒在父亲的膝下

14

我们一成不变，成心坚持这肉体披挂的颜色

恍若那些摇摇欲坠的年代

腐化了他们的尸体

我们未变成风，未变成雨

未感知泥土中的甘霖和雨露
上苍，凭借着感觉引导着众物种
进入另一个季节，另一个明媚的日子
让他们过早过快地分解了出生的地点
我们需要经受它的另一面
它的不可动摇的居所
我们需要再一次适应它，适应它的环境
或者另一个传说圣地

让奥林匹斯山留下希望
留下紫色的魔盒，并朝另一面图形走下去

15

哦，月亮，在梦中再与你相见吧
当你满盈的时候，我们就开始亏缺
请打开你呼吸的屏障吧
是微风，是气流，是你背部的光芒
与你交叠，与你一起静候潮起潮落
预知潮汐的重心

此处是你布景的菩提树
是夕阳未领受的沉默与颔首
是清冷寒宫的凄清与孤零
你向我们授意此间的荒凉

原野与朝暮的淡薄

哦，月亮，你还未花开满盈

还未有过人行的道路

还未与他们手拉手，倾心交谈

16

此处，是生命浅显的远见

此处的世俗，无暇顾及你稠密的康复

你能量的消亡

移动着他的红色脚印

背叛着一个桎梏的时代

背叛着生命遨游的晨昏线

五百年，冷冷地观测、窥视

五百年，是天使与恶魔，是幽灵与鬼魂

是太空的年代

啊，那大地，回复到了寒荒

只有你，握着告别的手

寄生于一个冷峻的心脏上

谁又会在乎，无法寄存

于你躯体下的变形，你深渊下的莽丛

17

我们要无言地证明自己的明天

是多么的欣悦啊

一切，如昨天的浮影

如昨天的"好"和"坏"的结果

连接到体内，连接到光速的空间里

那第三类的接触，不可控制

彷徨着要向下俯视了

来去自如的第三类使者，避免了虚构的瘫痪

避免了岁月中的蹉跎

一件神秘的光芒事件

仅仅如此，成为了参照物

成为了飞行的器具

成为痉挛的慨叹，不伦不类

只为让自己的形态逼真

18

我们且对天象赞叹、惊讶

让这一生出入卦象

为它的广阔无垠，能量无限的黑洞叹服

我们且对造物俯首

贴身走过它的滔滔
我们且继续颂唱，自命不凡

运行宽广而有耐性的轨道
且把你我的这一回
真实如愿地牵绊在他手
一如既往，继承下去，肩负下去
常常是大得可怕的空旷
常常是结束与开始，是永垂不朽

常常是前所未有地渺小，地老天荒
那么，让我们且把命运角逐下去吧

19

未预期光芒的经历
如射手的孤僻
如佛在心中
未预期光年的旅程
始终如一，如一个伟大的掉眼泪的人
忍受着膝下的生命发生转折

他令你兴奋无比
如欧律狄刻的身影，如地狱的大门
在身后，无法折返

拯救美丽的影子返回世间

有谁像你，这一次，无法琢磨、透视

他让你在深渊中悸动

在荒原装扮四月的桂枝

在宽旷的庙宇有如人间的怀抱

20

养在体内的花素可与你有关？

是植入者？还是哪一位主体之上的呵护者

在完善他手势边缘的春天，抑或冬天？

花开在何处？

先前的一切，是苦，还是痛？

是先验凌驾于器官之上

还是在器官的容器里温柔地养育长成

他的雄性激素？

也许成为他的末梢

成为神经，在听觉后面

在视觉后面，支配着

一条血路上的窟窿

支配着血管上汹涌的风景

支配着另一个夜晚

21

马拉河奔腾不止

谁懂她的芳心，一朝一暮

伴随着风的习性

蹒跚者们不同于它的育龄期

不同于它的干涸期

忠心耿耿的伴侣却呼之欲出

塞伦盖蒂草原上的强者

在一些年头反季节哺乳

眼中唯一的世界

如天籁

可是，那曾经依偎的幸福

翅膀下的幻影

盖过了大山之鹰辛劳的付出

盖过了飞翔的弧度

22

被追逐者的别样轮廓

取决于谁的形式？

它即将分崩离析的内部制造者

它从肉身中走来，在肉身中消亡

它第二次在腹中找回了当初腐朽的感觉

它也需要一个春天？一个狂想的冬天？

不再为别个分心了
现在，两个化为了一体
不仅是肌肉和骨头，不仅是一再哀愁的本性
不仅是脆弱的肉质的心需要健康
也只有它知道，成熟是如此巧合
抓住了众生的泪水和血液
让彼此在腹中轮回
在额外的空间相聚

23

一个茫茫的苍穹
他是如何独自成为了在场者
他已不在那儿了
他回到了他本源的近处
任何地方都是他的居所
那共同的意象如何化为贯穿我们身体的独特感觉
那里的土地和森林、河流和草滩、城镇和村庄、阳光
和月光
保存了多少共同的感触
保存了多少力量和气魄以及走下去的路
迟迟蓄势的一切
早就预知了他在看在听的悲伤神情

在亘古的延续中
在抛下一切的惊鸿和驻足中

24

我们仍然有理由感到害怕
不能使更高的防御力量合拢
他在他身外的世界之中
我们未能抵御恐惧的广袤无边
未能使他威严的嘴唇感到颤动
他似乎已有完美的身躯了

曾彼此悉心地揣摩，比邻而居
我们在被架空的动态里
肉体跌宕起伏着，一颗忧郁的心
优越于他的秘密，优越于此间的消逝
在黑暗中神伤
却一回又一回
无法适应他那如鲠在喉的本能

25

现在，就进入吧
一个底比亚的子孙曾相当自豪地
挥舞过双手，在烈焰中流下狰狞的血液
他是有福的

多少人在恐惧和挣扎中
试图远离它那绿幽幽的深渊

我们除了一些更圣洁的名字
痛楚就在此身中。看啊，就在此身中，软化了
连那世界之外的世界，连那新事物诞生的方式
连它们依存的方式也在消泯
它在此地设置了新的起点
它把另一片阳光洒在了这里

它会给你另一个未来
在它的焰火中

26

那么，那是后来
他取走了我们的机能
在那座山上，仍有他的忠告
给予此身的形态
且在黑暗中行走
跟随着光的引导

一个反省自身的机会
一段奇异旅途的见识
如此深刻，如此炽热

一面抛弃我们，一面给予我们生存和竞技的空间
并抛掷着我们的四肢、我们的脑袋
哦，歌唱者，且把嗓音留在喉中

27

我们日日夜夜呼唤的他
难道还未开始
还未开始露出微笑，展开胸怀吗？
难道他还未接纳我们？
在时间的空隙里，捍卫着他的真实？
他哪儿也不再去？

在千年如一日的黑夜中
他的一滴眼泪摇撼大地
他曾当着乌云的面哭泣
为他荆冠下的儿子，为他悲伤不绝的妻子
哦，还没有开过口给人一个告诫吗？
我们难道不是如此空白地投入他的怀抱吗？

欲让自己丰富起来
却出人意料地叩倒在复活者的面前

28

我们挚诚地相信一个纯粹的事实

除了事实本身，它在不间断的未来中
保持着它的品性，一种向外界敞开的品性
你我的所有物，你我的座右铭
以及这个正在掘墓的高昂的头
让自身感到不快，让自身成为了艰难的步行者

渐渐接近它扮演的允诺的显现的特征
它创造的新生
盖过你我的身子，盖过你我这样凄凉的角色
没有别的理由，没有离去
没有兴叹，没有感慨
一个唯恐我们不能接受的动力

在他下面的万物和他上面高于一切的力量中
不会是其他的什么，被重新割据，填满

29

时光飞逝
哦！时光飞逝
哦，尊者，我们将逝去
我们将躺在刀口下，躺在火刑架上
结束对大地的逡巡
结束祖先遗留的进化本能

结束脊柱的支撑

结束消极环境的滋生

结束压缩和膨胀的情感

哦，时光飞逝，爱情将我们引向死亡

就像仁慈的上天

将死亡引向爱情

并且在心脏上刻下了铭言

希望与仁慈

30

当河流冲走了他的头颅

她再也没有在忧伤中抚慰的本领了

况且他也在忧伤之中

连他自己也无法倾听自己的内心了

只剩下亏缺的感觉，却伤害了自己

再也没有动力，也没有压力

当他化成那道闪光，那道流逝的银线

在那儿，他握着他的琴

他不再歌唱，不再拨弄他心爱的琴了

当年的树林还在

这一次，也许是缄默

这一次，也许是孤寂，也许是缅怀

让他在忧伤中
一个人哭泣吧！歌者，你的希望仍在

31

死者的心愿是多余的吗？
她在离群者中间
在无尽的冬天
终于学会了在激流中勇退
忍受着辛酸的感觉，拒绝着琴弦的追抚
唯有这一次，似乎是圆满的

终于回到你心中的起点位置
把"我"也算进去吧
"我"也是追风者了

不再是有风有雨的日子了
难道真的就此告别，一句悄悄话也没有了吗？

32

颤动在他充满弧度的脸上的灵气
已不再多见了
虽然它就在近处，引起了喧哗

却已不再是
清晨漫腾的光线

曾是故土生命的温床
现在，面对他，却需要勇气
这就是家，我们的故乡，我们的家园、故土
由黑森林组成的乐曲
拍击着溃疡的心律
拍击着贫瘠的戈壁灵魂

你无须酝酿，无须做足准备
它就面带微笑，远离

33

那张沉默已久的脸是幸运的吗？
曾经熟悉地在我们面前颤抖过
不只一面。他是为谁而来的啊？
如今，我和他未留下最后的告别
他是为我而走的吗？

凝视长眠者的仪式
会像他的美德一样长存
在他面对的他长大的风景里
他是否留下过遗憾，是否疲惫不堪？

一个永生铭记的时刻，一个值得回味的过程

是烟消雾散，是在伤痛中？

还是忍受着悲哀，与它的灵光一起慈悲？

或如你所料，"他"源远流长吗？

34

我告诉你，清晨抛弃过你，也抛弃过我

抛弃过所有人

之前的一切已无能为力

你的结局已无能为力

我们都一样，惶惶不可终日

可是，我要你相信，要你再一次聆听

织布鸟的美妙歌喉

要你感受山谷的清新空气、黄昏的烛光

它们是你眼前的斑点

它们支撑你我的额头

不让你消沉

不让你后悔，在黑暗到来之前

那样，你就可以大喊大叫

我行我素

你可以独自坐在河岸边

欣赏着等待迟暮的自己的倒影

35

后来，你真的归还了自身

皈依了伟大的上苍，皈依了你的爱

后来，你有足够的沉默

来言说你的爱

后来，你再也帮不了自己了

我们就在你身边哭泣

在你脸上抚摩

那是真正的悲诉

我们想念你

我们悼念你

你未享过长久的福

那声音在你耳中，却早已失去了意义

一切消弭的事物再也没有了谐音

也没有谁来帮你恢复你的知觉

恢复你曾植入过信念的心

可是我们相信你仍有一颗心在长久持续地跳动

在感知……

36

你还能说什么

冰冷的脸颊终于越过了别人的审视

终于沉浸在自己沉默的那张面孔里了

当别人继续说下去
你已溶解在那朗朗乾坤之下
留下你那不屑，却不知它哪儿去了
但你超越了他们
饱含着冷峻的内容
在一天天长大，成熟
也许明天，在某个时候
在某个路途上
结束彼此虚假的对抗

37

实际上，你站立在我的位置
我们默默相对，你对我颔首微笑
而我曾倾听丧钟长鸣太过长久
太过沉浸于其中
超出了言语的理智和机能
而忍辱负重，一直不敢去面对
那纳入世界范围的空虚与喧嚣

假如我们不再无语
在终点的方向我们就会有一次见面
我们就能在一起了
同那成为过去式的人群一起
建立起一个更为广阔的未来

38

憧憬，不是说给别人听的
亲密在耳边、在我们心中久久荡漾
仿若心中的峡谷被雕琢
我们一面征服，一面服从
一面安慰，一面自我反省
本来，我们会有更美丽的模样

除了那天鹅的化身
除了云朵上的翅膀
在希望与行动中延伸
揭露秘密和本质

我们以过去是命中注定

39

请熄灭我的目光吧
请毁掉我的听力吧
让你的手臂在万籁中抓住我
因为我是如此地想从心中走近你
向你哭诉，向你投来天明的问候
我是你的继承者，是你火焰的余烬

请不要用坟墓里的沉默来回答

我的祖先，请让我从孤独中走近你

当着星星和上苍的紫色颜面，走近你……

即使让我成为一个空壳，一个灰暗的尾迹

我也在用我的灵魂

感觉你瞑目的姿势

可是谁曾先于你把万物的恶果

早早地高高地举起植入你我的肉身之中啊

40

每一次，都是故乡的检阅

是童年的时光，是登仙堂的宝座

一切都是为了奉承，为了安慰生来而不安挣扎着的人

早已在盼望那场希望

那条解脱的道路，那个小小的开端

在我们想你的那四十九天里

那四十九天是你的节日

你当然会高兴回家，来来回回，看望你的前生

我们在此等候，不仅是苦涩的回归

也是最初的期盼，每个人，每个后代

都曾有最后一次的洗礼，最后一次的洗心革面

但现在都已陷入你泛黄的身躯里面了

如今，你已被光滑的空气所包裹
明年春天，难道还不是你真实成长的季节吗？

41

为世界而预设的结局
别人早已不再奢望它在其中的优越性了
这个结局，它灭绝于我们心中起源的地方
在它能够呼吸的形态里
独自耸立
它高大得可怕，如那座灰色尖塔
如命运的绝唱，如更多规模宏大的语言

如无法被安慰的被剥夺的情感和真爱的权利
它隐蔽和暴露的天性
揭示了我们的软弱，揭示了我们废墟般的体质
在那风中摇曳着
注定在冬天里飘荡的母亲的血脉
如今，已成千古
如今，已成祭奠
如今，已成我们心中难以跨越的虹桥

灰人三部曲

第一章

那么，寻找另一个替身吧
为扭转乾坤孜孜不倦
为另一个红色家园奋不顾身

1

从开始的时间里走出来
不知为何，最初有一副面具
占据着我们的眼眶，占据着我们的视力
有一股力量，捉摸不定
似乎带着凶残的本性
他们全体，如黑暗的阴影
他们全体聚敛着阴谋
一道道的光与紫色的火焰
如喷火怪物
活跃在我们的身边

最初是由恐惧释放出来的
不受约束，没完没了，没有对话
它嗜杀成性
它深藏在云层中
发射着光与电和毁灭的磁力
在我们的房顶盘旋了
一千年的时光

2

假如，让我们祈祷
重新聆听一段潮起潮落的声音
感受一段潮起潮落的重力
那么，我们所能想象的一切
也不会如此快地从灾难的边缘扩大
从虚幻的情境中消失

海里有许多种生物
有许多活的化石
人类的化石
她是我们的家，是我们自始至终的庇护地
是唯一的梦境

我们相信种种，推测种种
我们的心中是河流，是海洋，是森林

是布谷鸟和紫罗兰花藤

是精美的蓝色与它起伏的彼岸

3

他以我们难以想象的速度

扼守着粒子般的世界

像一位粗暴的神明

掀起了波澜

我们反问自身

他们是开发者，是启导者，还是灰色的使者，破坏者？

我们清楚，我们知道的不多

在某个时刻，某个冬季的傍晚

目击者众多

有被俘虏者，有幸存者

我们惊讶于失去了更多的知觉

什么是光年，什么是黑洞，什么是弯曲的空间

什么是膨胀的时间

我们能够眺望到光年之外金色的穹顶吗？

还会有母狼？会有万神殿吗？

还会有智人的遗骸吗？

我们在那升起的地方

还会有一个原始的泥炭世纪在我们面前恢复吗？

4

一千年的时光
还未曾脱离过我们的想象
未曾脱离我们生活的星球的轨道
蓝色星球的过去从来不在感觉之中
她在尘土飞扬中
在粒子与射线中
在恒星的黑色风暴中

当更多世纪的飞行器
在湖泊上出现，在海洋里出现
在云层中出现
以光速，没有人再怀疑
奇特的生命，除了我们自己
除了那些容易接受也容易消亡的物种
与我们息息相关的生灵
出现并肆意地击碎了雷神的旨意
直接指向了一个宿命的结果
恐惧和死亡

5

过去，没有额外的回声
现在，仍然没有回响

孤零零的我们，观看花瓣的谢落
如血残阳西下，日复一日，年复一年

我们总在坚强与随波逐流之间
现象与幻象之间
无限的伟大与渺小之间
成熟了彼此，成熟了黑暗的旋律
越来越近，竟接近于我们身体内部增长的核心
直到新的秩序被确立

6

我们拼命想要进入他们的世界
为了一个立足之地，一个生存之地
但他们的世界神秘莫测
我们哭不出，也笑不出
我们更像僵尸，而不是冒险的登山者、航行者
摇动着手臂，神不知鬼不觉
迷失于星际，迷失于黑暗之中

来自长蛇座的新手们
当它们来抓来抢，来攻击的时候
我们还有机会选择生根发芽的地方吗？
一场无情的搏斗
在受恩惠的地方

在穴居者们被无情击打的地方
留下了燃烧过的旧痕迹

7

那儿，有青年祭司交叉的手语
豺形文身
亡灵的替身法符
那儿，有三只乳房的母狼和住在山顶上的人
那儿，有吃生肉的人

第一件崇拜的事物
文着生动的图案，来了又走
走了又来，一千个迷失了的灵魂
重又回到肉体当中
在狮形城门的后方
古老的法则默默地延续了下来
繁衍生息的命运延续了下来
陶醉了你
陶醉了我

8

数一数，那座城市有多少
号角、坟墓、项圈、趾骨、桥梁、塔楼、脉搏
……

灰人三部曲

当米诺斯还拥有自己领地的时候
我们已遍布山涧，遍布田野
遍布拥挤不堪的昏暗的入口
牺牲品流干了血，萎缩，腐烂
深入地下的死者，深入死者的替身
我们是缄默，还是站在原地？
是不停地靠拢，还是以光速撤离？

9

他走了，世界为他闪耀
他来了，引人注目
只是为了把你取走

难道会有一个仪式，在你我之间
在生者与死者之间进行？
在祭坛的火光之下
你的生命，你的轮廓，你朦胧的影子
多么令人怜惜？
不，不是为了你那具华而不实的尸体
那不是为你设置的庆典
只有你活着，才有可能窥探
一个鬼魂为你讲述的爱情故事
一个鬼魂的哭哭闹闹，哀伤不止
一个鬼魂的战抖、挣扎

一个鬼魂奄奄一息的光明的上升之路

10

我们愿意想象

他们善意的降临

我们愿意相信世界的和睦共处

我们愿意相信道德的准则

善意的人性，愿意相信律法

相信忏悔之道和谦卑之道

我们慷慨不吝，我们愿意奉献肉体、奉献精神

有一段时间

在一个燃烧的地域

我们想象着命运与你

抽出了灵魂

奉献和牺牲了彼此的呼吸

不曾说过什么

我们赞美，我们歌颂

时空和火场

光的产物

11

岁月经久地改变着世界的容颜

我们仍在疑虑

那些忠实的信条空虚得像一阵寒风

引导者在上面，还是在下面？

许多人，许多物种，却离开了

他们自知要死，活不过明天

但他们仍然活着

在轮回中，不是你，不是我

不是此物，不是彼物

不在那个灿烂的国度里

这样的夜晚是难得的

不仅是在多风多雨的热带地区

不仅是在荒无人烟的沙漠

不仅是在贮藏贫穷的窑洞

不仅是难得一见的碰撞，辉煌的大爆炸

不仅是一个燃烧的星球，燃烧的彗星

不仅是一个燃烧的国土……

可是，别丢弃她，我们的家园，唯一的家园

有一天，我们还要去泰坦星

我们还要去人马座

有一天，我们还要去奥林匹斯火山的山口

那里，曾经冰雪覆盖

被封冻了几十亿年

可是，有一天，我们还是要去往那里

那里，有一个日出等着我们
还有潮汐的早晨和傍晚

12

我们不是孤独的
我们认识自己，奉行忠告
那就是我，是我们

我们不是孤独的
我们想念海豚，想念陆生海龟
但我们必须放弃
我们必须专注于自身
虽然我们想念海豚
我们能听清一种语言，一种外来的语言
一种神秘的声波
这就够了
翻译它，解释它
把我们自己暴露出去
六千万年前，在浩瀚中，在苍茫中
把自己暴露出去

六千万年前，无脊椎动物们荡然无存
软体物种也已分崩离析
理论物理学家们发出警告

我们必须出去，我们必须逃出去
我们的基因将突变，洪水将肆虐
冻土将破裂，海平面将上升，泛滥成灾
所以，我们必须逃出去，分散出去
一个生存能力强悍的物种
有能力，也不会惧怕黑暗的辐射

我们相信未来
我们期待未来
我们将相聚在水手谷
我们将远行，脱离轨道和引力圈
我们雄心勃勃，蓄势待发
我们设想新世界
我们将新世界变为现实
我们静静等待太阳暗下去
等待静止的时刻的到来

13

当我们从树上爬下来
制造着水罐、投矛器
并占领埃赫那吞的土地
围绕着太阳的能量
围绕着制造出来的家园
他们的家园，我们的家园

让多一点的光芒照耀我们
让它的脸庞更贴近我们
使我们有一个温暖的生长过程
在现存的地点
感知着并将感知扩展
建造我们的金棺和通天塔
留下不朽的书籍

我们拥有狮身人面雕像
拥有伊西斯、荷鲁斯，拥有法老的数字
守护着亡灵和他们身体的重量
从内部的审判中将彼此联结起来
那就是我们，妙不可言的忠告

第二章

发轫于地球的生命线延伸了出去
遭遇了黑暗，遭遇了空旷

1

星外，是黑暗的
是透明的，是闪光的

暗尘、旋转的颗粒、生命
无可延伸地终止于坚硬的矿岩上
无法探索存在之初的生命共同体
多半是沉默的，是安静的
他们被定义为星群
他们的生生死死
散发着射线，散发着微电子

因我们的想象，那些沉淀于我们之前的
沙漏般的固体的消亡和成形
汇聚着，重逢着，碰撞着
终结着有可能在别处活跃的生命体
风尘仆仆的生命体
别的，我们还不熟悉的，也未曾见到过的生命体
我们在此落脚的奇迹
其实，是虚无缥缈的
在天狼星的北方，九点钟的方向
发光体、暗物质、意料之外的反物质
到达过此处
到达过彼处……

2

离开你，怎么办？
我们还能回来

回到从前，回到记忆之初的城
回到苍郁的丛林，轻烟弥漫的山坡吗？
回到蓝色的诞生之地吗？

3

从水分子转化出来的后代们
弥足珍贵，起初在腹中，在胎盘里
只有一个寂静的世界
低音和母体的心跳
决定生存的旷日持久
在十月之后
它们，可以回归
向那里走去，扑向那里，匆匆潜没
而饥饿是无期的
他们可以回到本能之中
制造着掠食的机会、占领的机会
还能怎样？感受着惆怅、不安
还能怎样？冲走入侵者，踉踉跄跄
…………

4

盘古大陆广阔无垠
深渊和天外的废墟又一次激活了
不知是第几次，翻腾着进入光所创造的世界

放射着最初的黑暗

也许是曾经的留宿地

也许是虚无缥缈之境

也许是混沌初开之时

也许是脉搏和心脏跳动之时

变动着它的组合

变动着亿万年留下来的漂移传说

5

这一年将一如既往

可是，你知道其他的地方都是一样的吗？

那个空旷的地平线上的伟大的足迹

还在球形物体的表面吗？

另外的一步是否已准备迈出？

你可知深邃的夜空里有巨大的长蛇

还有鲸鱼和天鹅？

它们拥有美丽的模样吗？

你可知麒麟座如一朵玫瑰

如紫色星团绚烂地旋转吗？

你可知狂暴的黑斑积聚了所有毁灭的力量吗？

只有死者才知道的地方

摄氏二百度，摄氏一百万度

生命的代价，一代又一代

灰人三部曲

在祈祷之后，在哀怨之后

通过摩羯座辨别方向

出发了，寻找着

只有死者才安静享有的源头

那片平原

骆驼寺庙和闪光的金顶

哦，猎人

一切真的都得听天由命吗？

6

有一种事物诞生于洪荒时期

各式各样，单纯，透明

在那温暖的地方

它们开花，结果

成熟的季节来临时一派欣欣向荣

它们的生活离不开那座山，离不开那条河

离不开相互之间的依靠，温暖的依靠

但对土地的亲近是可望不可即的

也许，那是它们的亲密无间，是它们化身的另一个身体

当坠落的时候它们会留下种子

会留下希望

直到有一天做好了准备，准备着破土而出……

八百万年的基因传承是非凡的

他们闭着眼睛出生

琥珀色的眼睛随着成长一年一年地黯淡下去了

一道道无形裂痕

抓不住时间和脆弱生命的手

有一天他们会被放弃

在他们出生的山谷、低地

有一种叫作科夏巴的风

过早地摧折了他们

7

在别处，没有发源地

在别处，是子虚乌有

在别处，是宽旷，是裸露的岩石，是黑暗的领域

在别处，没有生命；在别处，是无

此处，是我们，是我们的星球

唯一的载体，唯一的生命载体

在这唯一的星球上发轫的生命载体

面对虚静的夜空我们无能为力

面对流转的恒星我们无能为力

面对难以维持的想象我们无能为力

面对我们自己狼狈的现实我们无能为力

不是金星上的生命体

不是火星上的生命体

不是人马座上的生命体

不是旋涡状星云上的生命体

星外的生命体，只有我们

剩下的，是我们

多余的一天，只有我们

我们，只有我们，一切的我们

8

即使我们再活一千年

血腥味也不会变淡

吃与被吃的法则也不会改变

从时光那里超越的兽性

不再按天数来计算的生存法则

是腐朽的，是溃烂的

是充满物欲的

我们，从树梢上徘徊着走下来

一直都是这样

被一道终极之地的光包围着

可是，一切的一切

总得死一回

可是，是什么东西

流血，流脓，腐烂，连灰烬也没有剩下？

9

某种季节恒定地交替进行着

那是鲑鱼繁殖的季节

是北海狮生产的季节

是灰熊冬眠的季节

是北极雪燕筑巢求偶的季节

是冰川融化的季节

等待着，呼唤着草长莺飞，虎啸猿啼

夏日炎炎的稀树草原

旷日持久的雨林

干旱难耐的沙漠

星移斗转，物象更迭着

用心竭力，解码着生命

无论何时，何地，何故

告诉我，这热和冷的一天又一天

这二月的曙光通往哪里？

10

侏罗纪，一直以来创造着奇迹

而有些地方并不美丽

只存在于幻想中

一艘古旧的沉船

从花岗岩石中被剥离出来

它曾在闪电中，在风暴中

如今沉没在恐惧里

它的残骸和金属标本寂静地成为了水下岛屿

栖居着海洋贝类

将大海的召唤

转化为鱼纹，转化为人脸

化身为嬉水的海豚

和那对光照千古的大鱼

11

远在天边的那颗星啊

打动了一位猎人的心，被琴弦抚慰着

沉浸在万古不醒的睡眠当中

光耀了千年

旧石器时代的人

难道不是被窥视的对象吗？

一场战斗就使他们得到了宽慰

那些宽慰对我们来说更为绝望

更为血腥

总想离开它，离开彼此的知心

沉默下去

告诉我，猎人

告诉我，它绝不是一张空心的脸庞

没有显露表情，就匆匆地离开了我们

……

第三章

1

假如我们晚一点熟睡过去
那被剥离的高贵的境界也不会那么快被掏空
并采取它的新姿态
它高出了人类细腻的辅音
耸立在塔楼，耸立在无穷柱上
并凌然地俯瞰着并超越了神圣的宫殿

黑夜凌空，无穷无尽地制造着
花卉的温柔
处于一种不在生，不在死的境界里
曾经忍受过火刑，忍受过被陶空的静止状态
后来，又被填满了
未给予一个拥抱便又陨落了

2

当我们身体的一部分在百花丛中
在绿茵茵的青草中苏醒
在橡树的躯干中苏醒

一部分残缺的身体，它们会有绽放的机会

此刻却分离了出去，散落在尘埃中

是无知觉的，不知疼痛

不是伤心欲绝的样子

它们飘散，随尘埃旅行

去往一个也许是悲惨的地域

也许是完美的地域

正是那别处，期望着更加完美

期望着走下去

假如我们还未完全死去，未与他完满结合

我们就能指望一条永恒的道路

俯下身去，学会他的漫长无边的游弋

学会最无天日可见的荣光的追逐

3

当我们流下眼泪

当我们后悔莫及

当信念轰然倒塌的时候

当一切从头开始

如他所愿，我们没有欺骗自己

在被盘问的那一刻

猎人，请告诉我们

我们会留下什么

屈膝在他的面前

屈膝在落日面前

天下的苍生

被召唤到史前，被召唤到大爆炸以前的时代

有时超越了时光

有时使生命闪光

距它的出现

又无限拖延了

…………

4

眼前，一两个世纪是无法想象的

我们在此地

在地标的一极，百转千回

注视着星空之外

注视着生物们未涉足的地方

我们站在高不可攀、遥不可及的起源之地

如今，古老的世界已不复存在了

一代一代清洗着贝类生物们的壳

清洗着它们的组成形式

清洗着千年的花园风景

还有什么能在泥炭纪的后期

成为被培育的新的起点

而清晰且深刻呢？

5

如今被培育出的新起点

被困在弧形的地极

可是，它究竟在哪里？

它悄然离开了它的栖身之所

赋予光明事物的意义也不再重要了？

那些言明真身的主角，此时和彼时的主角们

还会遵奉缄默的往事吗？

还会令我们保持着惊喜的心，让抚慰持续？

鸟儿们还会唱响安魂曲吗？

会使伟大的沉没了的城邦安息？

会使北方的传说复活？

6

我们深深相信有一种迷人的力量

以一种置自我于不顾的方式

认识过你，认识过我

使地狱的烈火炽热燃烧，使幽灵在那里徘徊

我们学会察言观色，流放自己

使忧心忡忡的内心敢于放手一搏

让神秘的时间成为新的法典

从中铭记永恒

我们攥紧的心

从上面悄悄地走过，悄悄地离开

为使它安宁

为使我们加快脚步

使爱与恨完整地进入陌生世界

有时会让它成为一无是处的怪物

欺骗你，欺骗我们

或不止一次地在人性的血管中多愁善感

倾泻出它的咆哮，它的咄咄逼人

我们最终无法驾驭

7

那是天堂里的歌唱

令我们叹为观止

唱响了我们的内心世界并被强光所射穿

我们时时刻刻朝觐它，膜拜它，瞻仰它

它可在转化我们的意愿，使我们的心灵洁净并向它
靠近？

它正孕育新星？

它推动星群，推动太阳，使光辉灿烂？

它在唱响挽歌？

它悲怆绝伦，使我们被否定？

如长歌一曲，漫漫而无期？